CHRISTIANNA BRAND

Tata Matilda

SAN PAOLO

Titolo originale dell'opera: *Nurse Matilda*

Knight, the paperback division of Brockhampton Press, Leicester (UK)

Traduzione dall'inglese
di *Tiziano Daniotti*

Piazza Soncino, 5 - 20092 Cinisello Balsamo (Milano)
www.edizionisanpaolo.it
Distribuzione: Diffusione San Paolo s.r.l.
Corso Regina Margherita, 2 - 10153 Torino

Stampa: Società San Paolo, Alba (Cuneo)
Printed in Italy

Capitolo I

C'era una volta una numerosa famiglia con tanti bambini, tutti veramente, veramente terribili. A quei tempi, le mamme e i papà avevano famiglie molto più numerose di quelle di oggi, e in quelle famiglie i bambini erano spesso terribili. Le mamme e i papà dovevano avere ogni genere di bambinaie, tate e istitutrici (che erano spesso francesi o tedesche) per prendersi cura di tutti quei bambini, e non mancava una povera, magra donna di servizio che lavorava agli ordini di tutte quelle bambinaie, tate e istitutrici...

Nella famiglia di cui sto per raccontare la storia, i bambini sembravano essere più numerosi – e più terribili – che in tutte le altre famiglie. Ce n'erano così tanti che non vi dirò nemmeno i loro nomi, ma ve li lascerò scoprire man mano che procede il racconto, aggiungendoli l'uno all'altro. Persino i loro genitori usavano ricordarli a gruppi: c'erano i grandi, quelli di mezzo, i piccoli e i piccolini; e poi c'era il bebè. Il bebè era davvero un personaggio eccezionale. Aveva gambe grasse e curve, e il pannolino sembrava sempre sul punto di cadere sulle sue grasse ginocchia rosa; ma faceva di tutto per stare alla pari con i fratellini, e parlava una curiosa lingua tutta sua.

C'era anche il lattante, ma era così piccolo che non poteva proprio essere terribile; anzi, era così tranquillo che di lui non avremo occasione di parlare.

I bambini avevano due cani, che erano dei bassotti tedeschi. Uno era di un color marrone dorato, ed era chiamato Zucchero di canna o Zucchero d'orzo, talvolta anche Zucchero scuro, ma il suo nome veniva abbreviato in Zucchero. L'altro era piccolo, nero e lucente come una piccola foca, ed era chiamato Spezia.

La fantasia e le birichinate di questi bambini erano davvero incredibili. Non passava una settimana senza che la grassa tata o una delle due impettite bambinaie o la piccola e magra donna di servizio non dessero le dimissioni e dovessero essere sostituite da una nuova grassa tata, o da una nuova bambinaia impettita o da una nuova donna di servizio piccola e magra. Finché venne un giorno in cui rassegnarono le dimissioni tutte insieme, sollevandosi d'un sol corpo e marciando unite in salotto, dove dissero all'unisono: «Signore e signora Brown – perché questo era il cognome dei genitori dei bambini –, i vostri bambini sono così terribili che non ce la facciamo a resistere un minuto di più: ce ne andiamo tutte quante».

La signora Brown era molto dolce e non poteva credere che i suoi bambini fossero veramente terribili. Spalancò gli occhi e disse: «Oh povera me! Cos'hanno fatto stavolta?».

E allora quelle, tutte insieme, replicarono:

«La signorina Tora ha tagliato una delle trecce della signorina Susie, e il signorino David ne ha fatto una barba, che ha incollato sul mento della signorina Charlotte».

E l'istitutrice francese continuò: «*E il signorrino Simon ha prreso i più beli dei miei cappelini di Parisgi e li ha mesi adoso ai cani e li ha porrtati a farre una passesgiata*».

E ancora, tutte insieme: «E la signorina Helen ha versato dello sciroppo in tutti gli stivali di gomma, e la signorina Stephanie ha grattugiato il sapone in modo da farlo sembrare formaggio, e ora la cena della signora Cook fa la schiuma...».

E conclusero in coro: «E tutti gli altri bambini stanno anch'essi facendo cose terribili!».

«Ciò di cui avete bisogno – aggiunsero infine, parlando all'unisono – è Tata Matilda». E si voltarono tutte insieme, uscirono dal salotto, salirono nelle loro stanze, raccolsero i bagagli, presero due carrozze e se ne andarono.

Temo però che ai bambini tutto ciò non importasse affatto. Mentre infatti aveva luogo questa conversazione in salotto, i bambini erano stati indaffarati a sostituire tra loro i contenuti dei bagagli; e tutto ciò a cui pensarono era a come la grassa tata avrebbe lottato all'indomani per infilarsi gli stretti e piccoli vestiti della donna di servizio, e come sarebbero apparse le due bambinaie impettite con addosso i cappellini dell'istitutrice francese.

«Oh poveri noi – sospirarono il signore e la signora Brown –, dovremo assumere di nuovo tutto il personale, bambinaie, istitutrici e tate». Fecero quindi chiamare una carrozza e si recarono all'agenzia. Ma l'agenzia era perplessa, perché aveva già mandato numerose bambinaie, tate e istitutrici alla famiglia Brown.

«La persona di cui avete bisogno – dissero – è Tata Matilda».

«Purtroppo non conosciamo alcuna Tata Matilda», dissero il signore e la signora Brown. Al che l'agenzia, piuttosto riluttante, acconsentì a mandare del nuovo personale alla famiglia Brown.

Così il lunedì una carrozza si presentò al cancello e da essa si riversarono una nuova grassa tata, una nuova istitutrice, due nuove bambinaie impettite e una piccola e magra donna di servizio, come al solito destinate a prendersi cura dei bambini. Il signore e la signora Brown lasciarono il salotto e corsero alla porta principale, sorridendo per accoglierli. Ma quale fu la loro sorpresa nel vedere nient'altro all'infuori della magra gamba della donna di servizio sparire all'interno della carrozza, e cinque facce terrorizzate guardare all'indietro verso l'alto mentre la carrozza con tutto il nuovo personale se ne andava via il più velocemente possibile lungo il viale. Il signore e la signora Brown corsero fuori sul viale e guardarono anch'essi in alto.

A ogni finestra della casa (tranne che in salotto) stava un gruppo di bambini, con i capelli dritti, le facce contorte in smorfie orribili, le braccia che ondeggiavano minacciose mentre facevano le boccacce e ballonzolavano intorno, come se fossero all'ultimo stadio della pazzia.

«I miei bambini! – disse in un rantolo la signora Brown –. I miei poveri, cari bambini! I cani hanno contratto la rabbia e devono averli morsi, e ora anch'essi sono diventati rabbiosi!».

«La rabbia!», gridò il signor Brown.

«L'idrofobia!», gridò la signora Brown.

«Il delirio!», gridò il signor Brown.

«La schiuma alla bocca!», gridò la signora Brown.

«No, però non mi sembrano rabbiosi», disse il signor Brown, calmandosi un poco e guardando i bambini in alto, le cui facce non avevano certo schiuma alla bocca; e guardò i cani che erano usciti di corsa tutti allegri nel giardino per rincorrere la carrozza che se ne andava, e aggiunse: «E nemmeno loro». E si fece pensieroso.

Ma la signora Brown stava già correndo di sopra. Ella era molto dolce, ma era anche un po' sciocca riguardo ai suoi poveri, cari bambini. Naturalmente i suoi poveri, cari bambini non erano stati morsi da nessun cane rabbioso, e naturalmente non erano rabbiosi essi stessi.

Quindi il signore e la signora Brown ordinarono una carrozza e si recarono nuovamente all'agenzia.

All'agenzia erano assai infuriati. «Dovete semplicemente trovare Tata Matilda», dissero.

«Ma noi non conosciamo nessuna Tata Matilda», dissero il signore e la signora Brown.

«E va bene, ma questa è veramente l'ultima volta», dissero all'agenzia.

«Oh, grazie», dissero il signore e la signora Brown, e se ne tornarono a casa speranzosi. Almeno, la signora Brown era speranzosa; sul signor Brown non sono tanto sicura.

Successe che il signore e la signora Brown dovevano uscire il giorno seguente, e così dissero al maggiordomo, un grasso uomo triste e dall'aspetto distinto di nome Hoppitt, molto propenso ad avere dei presentimenti: «Hoppitt, se il nuovo personale dovesse arrivare nel frattempo, per cortesia, dategli un caloroso benvenuto e portatelo nell'aula al piano superiore per far incontrare loro i bambini».

«Certo, signore; certo, signora», disse Hoppitt, ma tra sé e sé pensò: «Un *caloroso* benvenuto? Con quei bambini?». Proprio in quel momento ebbe uno dei suoi presentimenti, e cioè che il signore e la signora Brown fossero stati degli sciocchi a dire ai bambini quanto erano in ansia, e a parlare loro di cani rabbiosi eccetera eccetera.

Ma il signore e la signora Brown non ci avevano proprio pensato e se ne erano andati via tranquillamente, e sulla via del ritorno si dissero l'un l'altro, gioiosi: «Siamo in anticipo: forse faremo in tempo a incontrare il nuovo personale».

Beh, in un certo senso fecero proprio in tempo: mentre la carrozza del signore e della signora Brown varcava il cancello, il nuovo personale era appena uscito fuggendo dalla porta principale e stava ruzzolando mentre correva lungo il viale d'accesso, guidato dall'istitutrice – tedesca, stavolta – che sbraitava: «*Aiuto! Aiuto! I cani zono rappiozi!*». Una grassa tata ondeggiava freneticamente al suo seguito, rantolando: «Oh, il mio povero cuore!», e le due bambinaie impettite si spingevano a vicenda alle sue spalle, strillando: «Largo, largo, fate passare!». La piccola e magra donna di servizio passò attraverso tutti quanti, come un ragazzo in bicicletta che si divincola nel traffico, gridando in maniera terribilmente monotona: «Aaaah! Aaaah! Aaaah! Aaaah!».

E mentre si scaraventavano ruzzolando verso il cancello, sulla porta alle loro spalle apparvero, con grande orrore del signore e della signora Brown, due piccole creature, una marrone e l'altra nera, dai musi ricoperti di uno strato di schiuma da barba merlettato di salsa di pomodoro, che correvano abbaiando in maniera stridula e mordicchiando i talloni del personale in fuga, mentre i bambini saltellavano sullo sfondo gridando: «Correte! Mettetevi in salvo! Non fatevi mordere! Hanno la rabbia!».

Così, il giorno seguente, il signore e la signora Brown ordinarono una carrozza e si recarono all'agenzia. Non attesero che l'impiegato dicesse qualcosa, ma chiesero immediatamente: «Potete aiutarci a trovare Tata Matilda?».

«No, non possiamo», disse secco l'impiegato, perché aveva sentito la storia dell'istitutrice tedesca e delle bambinaie e della tata e della donna di servizio piccola e magra, di come esse si fossero fiondate attraverso la città fino alla clinica antiidrofobica. E aggiunse con fermezza: «E non abbiamo più personale per voi».

«Oh poveri noi», dissero il signore e la signora Brown, e salirono sulla carrozza e si diressero a un'altra agenzia.

E a un'altra agenzia.

E a un'altra agenzia ancora...

Ma non c'era niente da fare. Tutte le agenzie erano già venute a sapere ogni cosa riguardo ai bambini del signore e della signora Brown, e non facevano altro che chiudere loro la porta in faccia e, sbirciando dalla fessura, li avvisavano caldamente di rivolgersi a Tata Matilda.

«Se solo potessimo...», singhiozzarono i poveri signori Brown mentre, alla fine della lunga giornata, si toglievano cappelli e cappotti nell'anticamera della loro casa.

E mentre dicevano così – ma guarda un po' – qualcuno bussò alla porta; aprirono e videro una piccola, robusta figura con addosso un vestito nero scolorito, che disse: «Buonasera, signore e signora Brown, io sono Tata Matilda».

Bene!

Tata Matilda era molto brutta, la più brutta persona che abbiate mai visto in vita vostra! I suoi capelli erano raccolti in una crocchia, che usciva da dietro la testa come il manico di una teiera; il suo viso era rotondo e pieno di rughe, e aveva gli occhi come due piccoli bottoncini neri da stivale. E il naso! Aveva il naso come due patate. Indossava un lungo abito nero scolorito chiuso dal collo agli stivali, e una giacca nera scolorita e un cappellino nero scolorito tutto guarnito di tremolante giaietto nero, con la crocchia a forma di manico di teiera che le spuntava da dietro. Portava una piccola valigia marrone e un grosso bastone da passeggio nero, e aveva in viso, sul suo viso rugoso, scuro e rotondo, un'espressione veramente furiosa.

Ma ciò che si notava di più era il dente, quel grosso dente che le sporgeva dal labbro inferiore come una pietra tombale. Di certo non avete mai, mai visto in vita vostra un dente simile!

La signora Brown, alla vista di quel dente, rimase sbigottita. I suoi poveri, cari tesori, i suoi angioletti innocenti! Farfugliò: «Io non so se... Ecco, volevo dire... Non sono veramente sicura che abbiamo bisogno di lei, dopo tutto», e, cortesemente ma con decisione, cominciò a chiudere la porta.

«Oh sì che avete bisogno di me», disse Tata Matilda, e bussò alla porta con il suo grosso bastone nero. Solitamente era Hoppitt ad aprire la porta – avreste sentito il suo passo distinto dirigersi senza fretta verso di essa –, ma stavolta, prima ancora che egli facesse la sua comparsa dalla dispensa, improvvisamente il signore e la signora Brown scoprirono che Tata Matilda era in anticamera con loro, e che la porta d'ingresso alle loro spalle era chiusa; anzi, non riuscivano nemmeno a ricordare che si fosse aperta.

«Ho saputo che i vostri bambini sono *proprio* terribili», disse Tata Matilda.

Povera signora Brown! «No, non penso... ecco, cioè... Beh, intendo dire che non sono esattamente *terribili*...».

«Sì, lo sono», disse il signor Brown.

E così il signore e la signora Brown cominciarono il lungo elenco:

«È vero che non vogliono andare a letto...».

«E che non vogliono alzarsi...».

«E che non vogliono fare i compiti...».

«E che non chiudono le porte alle loro spalle...».

«E che non vogliono indossare i loro abiti migliori...».

«E che a tavola s'ingozzano...».

«E che scappano sempre», ammise la signor Brown.

«E che non dicono mai: "Per favore" e: "Grazie"», aggiunsero insieme il signore e la signora Brown.

«E poi, naturalmente...».

«È più che sufficiente – disse Tata Matilda –. I vostri bambini hanno bisogno di me».

«Sì, forse», concordò dubbiosa la signora Brown. «Ma – aggiunse, guardando ancora quel dente –, non vorrei urtare i suoi sentimenti, ma supponiamo che loro non la vogliano...».

«Meno mi vogliono – disse Tata Matilda – e più hanno bisogno di me. È così che io lavoro. Quando i bambini non mi vogliono, ma hanno bisogno di me, io resto. Quando i bambini non hanno più bisogno di me, ma mi vogliono, allora me ne devo andare». E sorrise al signore e alla signora Brown, e improvvisamente parve loro che, solo per un momento, dopo tutto non fosse così brutta. C'era persino, pensò la signora Brown, una lacrima nei suoi vivaci, piccoli occhi. «È piuttosto triste – disse Tata Matilda –, ma è così!». Porse la sua piccola valigia marrone al signor Brown per infilare l'ombrello nella rastrelliera in anticamera e, sempre tenendo in mano il suo grosso bastone nero, iniziò a salire le scale. «I vostri bambini avranno bisogno di sette lezioni», disse Tata Matilda. «Andare a letto quando glielo si dice», disse salendo il primo gradino. «Non ingozzarsi», disse sul secondo gradino. «Fare i compiti», disse sul terzo gradino. «Alzarsi quando vengono svegliati al mattino», disse sul quarto gradino. «Chiudere le porte alle loro spalle, indossare i loro abiti migliori nelle occasioni importanti e non scappare via», disse sul quinto, sul sesto e sul settimo gradino.

«Dire ... "Grazie" ... e ... "Per ... favore" ... li ... aiuterà ... a ... crescere», aggiunse sui nove gradini che rimanevano fino al pianerottolo, una parola per gradino; poi si girò e guardò in basso verso il signore e la signora Brown, che se ne stavano impotenti, guardandola dall'anticamera. «Non preoccupatevi per me. Troverò la strada», disse Tata Matilda mentre saliva con passo pesante fino al primo piano, dove si trovava la sala dei bambini.

Capitolo II

Quando Tata Matilda aprì la porta della sala, i bambini avevano finito la loro cena e stavano aspettando l'ora per andare a letto, anche se, naturalmente, non avevano nessuna intenzione di andare a letto. Ed ecco cosa stavano facendo: Francesca aveva riempito di pappa il biberon del lattante e stava dando da mangiare ai cani; il piccolo Quentin aveva disegnato dei fiori alle pareti e li stava innaffiando con la grande teiera marrone; Anthony stava riempiendo le ampolle dell'inchiostro con della marmellata rossa gocciolante; Nicolas aveva raccolto tutte le bambole dei piccoli e le stava allineando per decapitarle; Sophie stava facendo uno shampoo a Henrietta con la colla; e tutti gli altri bambini stavano facendo anch'essi cose terribili.

Quando Tata Matilda entrò, i bambini continuarono a fare ciò che stavano facendo come se nulla fosse.

«Buonasera, bambini», disse Tata Matilda, e diede un forte colpo sul pavimento con il suo grosso bastone nero. «Io sono Tata Matilda».

Nessuno se ne curò minimamente; ma Christianna fece un evidente cenno d'intesa agli altri bambini e disse: «Che strano! La porta si è aperta, ma non è entrato nessuno».

Sapevano tutti benissimo che la porta si era aperta e che Tata Matilda aveva fatto il suo ingresso.

«E adesso si è richiusa – disse Caro – e anche stavolta non è entrato nessuno».

«*Io* sono entrata», disse Tata Matilda. «Io sono Tata Matilda».

«Qualcuno ha parlato?», disse Jaci, fingendo di essere sorpreso.

«*Io* non ho sentito niente», disse Almond.

«*Io non ho tentito iente*», disse la piccola Sarah.

«*Teant'io, teant'io*», disse il bebè, giocondo. Questa era la lingua tutta sua in cui si esprimeva il bebè.

«Bene, adesso ascoltate tutti attentamente – disse Tata Matilda – e provate a sentire questo. Dovete smettere di fare quello che state facendo, mettere via le vostre cose e andare a letto».

Tutti continuarono come se nulla fosse. Francesca continuò a nutrire i bassotti, Quentin continuò a innaffiare le pareti della sala, Anthony continuò a versare marmellata nelle ampolle...

Tata Matilda li guardò quieta con i suoi piccoli e lucenti occhi neri, poi colpì ancora una volta il pavimento con il suo bastone.

Dopo un po', la marmellata uscì dalle ampolle e si riversò sulle mani di Anthony. La leccò via, ma continuò a versarla, e la marmellata continuò a uscire, e lui continuò a leccarla, finché presto fu preso dal disgusto.

«Che stupido! – pensò –. Tutto ciò che devo fare è smetterla di versare marmellata nelle ampolle». Ma non riusciva a fermarsi: per quanto ci provasse, non riusciva a smettere di versare la marmellata nelle ampolle, e così la marmellata continuava a traboccare e lui continuava a leccare, e presto cominciò a sentirsi male. Gettò un'occhiata disperata a Nicolas.

Nicolas aveva decapitato tutte le bambole: stavano in una lunga fila, senza testa, e ora si stava guardando intorno alla ricerca di altre vittime, orsacchiotti, bambolotti, pupazzi di ogni genere. I piccoli, colpiti al cuore dal massacro dei loro tesori, stavano strillando come matti, afferrandolo per le gambe e per le braccia, strappandogli i capelli, pieni d'inquietudine, ma lui andava avanti a raccogliere, allineare le povere creature e... *zack*, *zack*, *zack*, a mozzare le loro povere teste. Anche il suo prezioso esercito di soldatini di stagno era ora ordinatamente allineato, eroicamente pronto a sacrificarsi.

E Francesca stava riempiendo di cibo i poveri cani, e riempi riempi, pigia pigia, i poveri cani erano pieni di pappa fino alle orecchie, e non ne volevano più, e stavano ringhiando furiosamente. Francesca sembrava spaventata: non aveva mai sentito Zucchero e Spezia ringhiare prima d'ora; ed essi stessi erano sorpresi perché non avevano mai ringhiato; ma lei continuava febbrilmente a preparare la pappa e ogni volta che i bassotti aprivano la bocca per ringhiare, lei li ingozzava di cibo.

E Quentin continuava a versare tè sulle pareti, e la teiera sembrava pressoché inesauribile. Sul pavimento c'erano ormai quattro dita di tè, e tutti avevano i piedi bagnati; e tutti quanti non stavano decapitando bambole, o ingozzando i cani, o leccando marmellata, o facendo lo shampoo con la colla – Sophie ed Hetty erano ormai attaccate come gemelli siamesi, lottando appiccicosamente per dividersi, ma Sophie continuava a versare colla sul capo di Hetty, ed entrambe piangevano di rabbia e risentimento –, tutti quanti, dicevo, non stavano facendo qualcos'altro, se ne andavano in giro per la stanza con i piedi zuppi e marroni a causa del tè, dicendo a Quentin di smetterla. Ma Quentin non si fermava. Il fatto è che non *riusciva* a fermarsi, non più di quanto ci riuscissero Anthony o Nicolas o Sophie...

Ormai desideravano tutti ardentemente di fermarsi e andare a letto. Ma non ci riuscivano.

Il fatto è che non volevano arrendersi. Ma alla fine, contrariati e di mala voglia, dissero: «Dai, fermiamoci e andiamo a letto».

«Dite "Per favore"», disse Tata Matilda.

«Noi non diciamo mai "Per favore"», dissero i bambini.

«Bene, allora non andrete mai a letto», disse Tata Matilda.

«Ah, va bene, allora... "Per favore"», dissero i bambini.

«*Pe favoe*», disse il bebè, parlando la sua lingua particolare.

E Tata Matilda li guardò con un lieve sorriso sulle labbra; e, molto stranamente, per un breve momento il suo rotondo viso furioso con i piccoli occhi neri e il naso che sembrava due patate, non sembrava così furioso, dopo tutto; e se non fosse stato per il dente, non sarebbe nemmeno sembrata così brutta.

Tata Matilda diede un colpo secco col suo bastone sul pavimento, e improvvisamente il pavimento cominciò ad asciugarsi e tutto il tè cominciò a correre – *glu, glu, glu* – all'indietro nella teiera. E tutti i tegamini di pappa per bambini erano vuoti, quando non lo erano stati solo un attimo prima, e il biberon smise di ingozzare i cani, che dettero uno scossone, smisero di ringhiare e corsero piuttosto affamati verso la loro cena nelle ciotole in un angolo della sala. E Nicolas smise di decapitare le bambole e le loro teste volarono di nuovo al loro posto – *ping, ping, ping* – sui colli. E Sophie ed Hetty si separarono con un rumorosissimo *ciac* e la colla, come un piccolo fiume, andò verso le bambole e si infilò tra le teste e i colli e incollò di nuovo le teste al loro posto...

Tata Matilda diede un altro colpo secco col suo bastone, e in quel breve secondo – almeno così sembrò ai bambini – ogni bambino si ritrovò sotto le lenzuola, nel suo lettino caldo, pulito e accogliente, con le mani, il viso e i denti lavati, i capelli pettinati, e le preghiere della sera già recitate, senza rendersi conto di come avevano fatto a finire lì.

Tata Matilda scese tranquillamente al piano terreno e disse al signore e alla signora Brown: «Lezione numero uno».

Capitolo III

Il mattino seguente, prima di colazione, Tata Matilda aveva mandato i bambini in giardino a prendere un po' di sana aria fresca. Quando li richiamò, ecco cosa stavano facendo: David aveva reciso le migliori zucchine del giardiniere e le aveva messe nella porcilaia, e la vecchia scrofa non sapeva che pesci pigliare, perché pensava di trovarsi improvvisamente a che fare con otto nuovi maialini a cui badare; Stephanie si era fatta un naso finto con due patate e faceva finta di essere Tata Matilda; i piccoli erano stati convinti da Toni di essere delle anatre e se ne stavano nel prato fangoso attorno allo stagno cercando con tutta la loro buona volontà di deporre delle uova; il bebè era trotterellato fino all'ingresso e stava implorando: «*Fate la tari-*

tà», porgendo il vasino ai passanti; e anche tutti gli altri stavano anch'essi facendo cose terribili.

Tata Matilda si affacciò alla finestra della sala da colazione e suonò una grossa campana, ma nessuno sembrò curarsene. David aggiunse una nona zucchina alla famiglia della scrofa confusa. Stephanie batteva per terra un grosso bastone (anche se, devo ammetterlo, lo fece con le spalle girate rispetto alla vera Tata Matilda); Toni incitò i piccoli a deporre in fretta le uova. E allora, improvvisamente... una strana sensazione cominciò a diffondersi tra i ragazzi... Ancora una volta, per un attimo, ebbero la sensazione non tanto di non volersi fermare, quanto di non *potersi* fermare! Ma durò solo un attimo: si fermarono allora immediatamente, finché potevano farlo, ed entrarono per fare colazione.

Dopo un po' Tata Matilda disse: «Non c'è bisogno di ingozzarsi».

Ma loro si ingozzavano, si ingozzavano sempre. Il fatto è che a loro piaceva la colazione, piaceva il porridge così spesso da formare un'isoletta con il suo latte tutto intorno. Ai bambini piaceva scrivere i loro nomi ognuno sulla sua isola di porridge, facendo colare un sottile filo di melassa dal cucchiaio. E amavano le uova alla coque, e una volta finitele le capovolgevano nel portauovo, come se non fossero ancora state toccate, e a loro piacevano le tazze di tè e di latte, e il pane fresco fatto in casa spalmato di burro. E così andarono avanti a ingozzarsi, agguantando pane e burro l'uno sotto il naso dell'altro, prendendo l'ultima cucchiaiata di marmellata senza curarsi se qualcuno ne volesse ancora, porgendo le loro tazze per chiedere ancora del tè o del latte e senza mai dire: «Per favore» o: «Grazie».

Tata Matilda si sedette sul tavolo, con il suo grosso bastone nero in mano... e il porridge cominciò a scorrere, e le uova furono piene di nuovo, e arrivarono ancora pane e burro e marmellata.

E ancora pane e burro e marmellata

E *ancora* pane e burro e marmellata e *ancora* pane e burro e marmellata, e ANCORA e ANCORA e ANCORA pane e burro e marmellata...

«Basta!», dissero i bambini con la bocca piena. «Siamo pieni!». Solo che le loro bocche erano così piene che sembrava dicessero: «*Baftafiamopfieni*». Al che Tata Matilda li guardava tra l'educato e l'incuriosito e diceva: «Avete chiesto dell'altro porridge?», e con gran terrore dei bambini i loro piatti erano di nuovo pieni di isole di porridge, guarnite da firme di melassa e circondate da un mare di latte. E le loro mani afferravano i cucchiai e il porridge andava giù, mangia mangia, trangugia trangugia, aggiungendosi a tutto il pane e burro. E improvvisamente i gusci delle uova capovolti erano pieni di nuovo, e i cucchiaini saettavano avanti e indietro aggiungendo le uova a tutto il porridge; e dopo le uova giunsero ancora e ancora pane e burro e marmellata... E a quel punto i piatti di porridge si riempirono di nuovo...

I bambini ansimavano e sbuffavano, le guance gonfie e gli occhi stralunati. Sentivano che sarebbero potuti esplodere da un momento all'altro. Desideravano ardentemente implorare pietà. Avrebbero persino chiesto «Per favore», se solo ci avessero pensato. Avrebbero fatto qualsiasi cosa pur di smettere di mangiare. Ma non potevano; finché, improvvisamente, ebbero un'idea brillante. Non appena giunse il porridge, si sforzarono e lottarono con la mano destra finché riuscirono a scrivere «Basta!» con la melassa sull'isola di porridge.

Tata Matilda guardò i piatti di porridge. «Dite: "Per favore"», disse.

Dovettero attendere che fossero nuovamente servite le uova, e il pane e il burro, finché giunse di nuovo il porridge; allora scrissero «Per favore».

E Tata Matilda sorrise (in verità, era davvero così brutta come era sembrata la notte prima?). E batté sul pavimento con il suo grosso bastone nero; e improvvisamente tutti i bambini si trovarono in piedi dietro alle loro sedie e recitarono la preghiera di ringraziamento.

Tata Matilda raggiunse il signore e la signora Brown, che stavano facendo colazione in soggiorno, e disse loro: «Lezione numero due».

Capitolo IV

Quando Tata Matilda salì in aula per iniziare le prime lezioni del mattino, i bambini erano seduti attorno al grande tavolo, buoni come degli agnellini. Tata Matilda si sedette, li guardò con fermezza e disse: «Perché Sophie ed Hetty indossano i cappelli?».

«Non sono abituate ad avere i capelli corti – disse Simon –. Si vergognano a mostrare le loro grandi orecchie». E aggiunse: «È molto strano, ma sembra che si siano trasformate in bassotti».

«E noi ci siamo trasformate in bambini», ringhiarono due voci da sotto il tavolo.

Tata Matilda sollevò un angolo della rossa tovaglia decorata a pompon e lì, raggomitolati sul pavimento, c'erano i bassotti; i quali, tuttavia, assomigliavano moltissimo a due bambine nei loro grembiulini di tela d'Olanda. Poi guardò sotto alle rotonde falde di feltro grigio dei cappelli e vide due lunghe mandibole dorate, e due neri nasi umidi, e due paia di occhi brillanti e vagamente sconcertati. Tata Matilda diede allora un colpetto con il suo bastone e da sotto il tavolo vennero due brevi e acuti latrati, al che lei disse: «Oh mamma mia! Penso che si debba far uscire i cani»; si piegò, li prese per la collottola dei loro grembiulini e li portò fuori della porta, giù per le scale e fuori in giardino: li spinse fuori e chiuse la porta alle sue spalle. E per quanto tentassero di dire: «Stiamo solo facendo finta, non siamo affatto dei bassotti, siamo Sophie ed Hetty», tutto ciò che usciva dalle loro bocche erano pietosi ringhi e latrati.

Tata Matilda tornò in aula e disse: «Cominceremo con l'aritmetica».

«*Comincionzo cononzo aritmetonzo*», dissero prontamente i bambini.

«Cosa dite?», disse Tata Matilda.

«Ah, non lo sa? – disse Tora –. È olandese sbronzo. Tempo fa abbiamo avuto un'istitutrice olandese che era sempre sbronza e purtroppo riusciamo a fare aritmetica solo in questa lingua». E ripeté quanto aveva appena detto in olandese sbronzo (una lingua nota solo ai bambini della famiglia Brown): «*Temponzo fonzo abbionzo avutonzo un'istitutronzo olandonzo sbronzo e purtronzo riuscionzo a faronzo aritmetonzo solonzo in questonzo linguonzo*».

«Vedo», disse Tata Matilda, e voltando una pagina del libro di testo chiese loro in perfetto olandese ubriaco (solo un po' più veloce di quanto essi riuscissero a parlarlo): «*Bene, allora, quantonzo fonzo settantatronzo divisonzo novonzo?*».

Roger provò a rispondere: «Settantatré diviso nove fa otto con riporto di tre», ma non ci riuscì. Si trovò a rispondere: «*Ottonzo con riportonzo di tronzo*».

«Sbagliato», disse Tata Matilda, e si voltò verso i musi dorati sotto ai cappelli di feltro rotondi.

«Otto con riporto di uno», dissero all'unisono due voci piuttosto latranti; e due paia di piccoli occhi vivaci e scintillanti guardarono da sotto le falde dei cappelli chiedendo pietà.

«Bene. Ma gli altri farebbero bene a ripassare le tabelline. Allora, cominciamo: due per uno fa due...», disse Tata Matilda, aggiungendo: «Su con la schiena!».

I bambini continuarono a stare sdraiati sulle sedie, e non dissero una parola, nemmeno «*Duonzo peronzo unonzo fa duonzo*». Ma cominciavano ad avere dei dubbi, e dentro di loro una vocina diceva: «Sei sicuro di star bene?». E mentre se ne stavano sdraiati, lo schienale delle sedie – quelle care vecchie sedie dell'aula su cui erano stati sdraiati a lungo di fronte a tutte le povere, angariate governanti fino ad ora – cominciò a sembrare loro molto rigido e alto; e lo schienale premeva sulle loro schiene, e i sedili avevano dei piccoli aculei che si conficcavano nel loro sedere appena si agitavano, e se solo provavano a sdraiarsi all'indietro un pochettino, la sedia si rovesciava con fragore e loro finivano a terra gambe all'aria. All'ora della merenda, erano tutti seduti con la schiena dritta, tranne quelli distesi stupidamente a terra con le gambe all'aria.

Quando, alle undici, venne l'ora del cacao con i biscotti, Tata Matilda si recò a fare merenda con il signore e la signora Brown nel salottino della signora Brown.

«I bambini stanno facendo progressi?», chiese il signor Brown.

«Penso di aver terminato la lezione numero tre», disse Tata Matilda sorridendo; e dopo che era tornata in aula, la signora Brown disse al signor Brown: «Sai, quando sorride sembra quasi carina. Tranne, naturalmente – aggiunse –, per quel terribile dente».

Capitolo V

Il mattino seguente, i bambini non volevano alzarsi. C'erano dei giorni che gli girava così, semplicemente non volevano alzarsi. Le bambinaie e le istitutrici li pregavano e li imploravano, li prendevano per le braccia e li tiravano, ma loro non volevano alzarsi. E se alla fine alcuni di loro venivano strappati dal letto, allora attendevano che gli adulti rivolgessero la loro attenzione agli altri, e quando le povere bambinaie esauste si guardavano di nuovo intorno, il primo gruppo si era di nuovo infilato a letto e ficcato le coperte sopra la testa, e faceva dei rumori terribili fingendo di russare. Una volta se ne andarono a letto a testa in giù, e le bambinaie si spaventarono immensamente perché quando, furiose, sollevarono le coperte e dissero: «Alzatevi!», c'erano due piedi addormentati sul cuscino. E una volta si erano scambiati i letti, e Nanny ebbe quasi un colpo, perché quando andò a prendere il bebè nella culla, sentì dei rumori stranissimi, e pensava che il bebè stesse avendo un colpo, ma in realtà dentro la culla c'era Simon, grande e grosso, raggomitolato, che usciva da una parte e dall'altra della culla, e quello strano rumore era lui che cercava di smettere di ridere. Un'altra volta misero dei manichini nei letti e loro si nascosero sotto, e Nanny e le bambinaie si spaventarono come non mai, anche se questo non si può esattamente definire «non alzarsi». Ma, comunque sia, quella mattina i bambini non volevano alzarsi.

Tata Matilda stava alla porta e temo proprio che in quell'occasione non apparisse per niente carina; e nemmeno un po' sorridente: bassa e tarchiata, sembrava un vecchio rospo arrabbiato, nel suo vestito nero scolorito, con i capelli raccolti didietro come il manico di una teiera, e i piccoli occhi scuri che sprizzavano scintille, e il grosso dente, e il naso come due patate. E teneva in mano il suo grosso bastone nero. E disse per la seconda volta: «Alzatevi!».

Tutti russarono terribilmente. Nessuno si mosse.

Tata Matilda sollevò il grosso bastone nero e improvvisamente i bambini smisero di russare. Gli occhi si aprirono e sbirciarono da sotto i mucchi di coperte. Non potevano fare a meno di ricordare tutte le altre volte che Tata Matilda aveva battuto il pavimento con il suo bastone.

Tata Matilda notò il silenzio e gli occhi luccicanti che la sbirciavano e abbassò il suo bastone. «Vi darò mezz'ora – disse – per alzarvi, vestirvi e lavarvi, pulire i denti, piegare i pigiami, aprire le finestre, voltare i materassi e scendere in giardino per una boccata d'aria fresca prima di colazione. E i più grandi si prenderanno cura dei più piccoli». E se ne andò.

«Bene!».

Non appena se ne fu andata, furono fuori del letto in due secondi, ma non per lavarsi né per vestirsi. Non avevano mai ceduto prima d'ora e non avevano intenzione di farlo adesso. D'altra parte, però, quel bastone... Ci fu un frenetico andirivieni tra la camera dei bambini e quella delle bambine, sussurri e grandi progetti, un gran fermento di attività, e un frettoloso ritorno nei letti quando il passo di Tata Matilda si fece sentire di nuovo. Quando Tata Matilda disse: «Perché non vi siete alzati?», essi risposero: «Non possiamo alzarci. Siamo malati».

«Malati?», disse Tata Matilda immediatamente.

«*Abbiabo il daffreddode*», disse Roger.

«*E i grembiudi ci fanno prurido*», disse Tora.

«*E le busdole*», disse Louisa.

«*E la bebbre*», disse Simon.

«*E sdiamo bale*», disse Fenella.

«*Tì, tiamo male*», disse il bebè in quella lingua tutta sua.

E, naturalmente, quando Tata Matilda diede loro un'occhiata, vide che i loro visi erano bianchi come quelli di un pagliaccio e pieni di grosse pustole rosse (naturalmente fatte coi pastelli).

«Molto bene», disse Tata Matilda, e dopo aver colpito il pavimento con il suo bastone se ne andò. I bambini cominciarono a lanciarsi fuori dei letti, ma... avete indovinato! Non ci riuscirono. Dovettero restare lì, incollati sotto le coperte – che di colpo diventarono terribilmente calde e pruriginose – e i loro nasi furono incredibilmente raffreddati, e i grembiulini facevano loro prurito e cominciarono veramente a sentirsi male. E tirarono le stanche mani fuori delle coperte e le portarono ai visi febbricitanti cercando di cancellare le pustole, ma le pustole non se ne andavano. E l'orribile verità apparve loro davanti agli occhi: *avevano veramente il morbillo!*

La povera signora Brown, quando seppe che tutti i suoi bambini avevano il morbillo, si ritrovò in uno stato terribile.

«Lasciate che me ne occupi io», disse tranquilla Tata Matilda. «Conosco la malattia». E subito dettò le sue regole: nessun rumore, niente luce, niente da bere o da mangiare. E naturalmente, *non uscire dal letto*.

La signora Brown era spaventatissima; i suoi poveri, cari bambini!: «Niente da mangiare?».

«No, finché hanno questi dolori».

«E niente da bere?».

«No, finché si sentono così male».

«E nessun rumore? Nemmeno parlare?».

«No, finché i loro raffreddori sono così gravi che parlano con il naso».

«E niente luce? Non possono nemmeno guardare i libri?».

«No, finché hanno la febbre!», disse Tata Matilda, assai sbalordita, e aggiunse: «Comunque, naturalmente, serviranno delle medicine», e mostrò tre grandi bottiglie di medicine e le dispose l'una accanto all'altra sulla mensola del caminetto: una bottiglia nera, una bottiglia rossa e una bottiglia di un terribile colore verde-giallo.

«Per la febbre», disse Tata Matilda, facendo il giro dei bambini con la bottiglia nera.

«Per i dolori», disse, facendo il giro con la bottiglia rossa.

«Per le pustole», disse, facendo il giro con la bottiglia verde-gialla.

Quella verde-gialla era la peggiore di tutte; ma tutte e tre erano le peggiori medicine che i bambini della famiglia Brown avessero mai preso in vita loro. E dovettero ingoiarne un grosso cucchiaio da tavola di tutte e tre ogni ora.

«*Fa 'chifo*», disse il bebè.

«Non si parla – disse Tata Matilda –. Nemmeno tu».

Fu un giorno davvero lungo. Al signore e alla signora Brown sembrò come dieci giorni, il periodo che impiega di solito il morbillo a guarire; e posso assicurarvi che parvero dieci giorni anche ai bambini. Se ne stettero lì, sotto le coperte calde e pruriginose, e avevano mal di testa, e mal di stomaco e si sentivano male dappertutto, e quando alzavano il capo per guardare gli altri, gli altri avevano un aspetto orribile, tutti ricoperti di enormi pustole. Con il passare delle ore il dolore si fece meno intenso, e stando meglio iniziarono ad avere fame. E solo allora si ricordarono che era mercoledì, e il mercoledì veniva servito il loro pranzo preferito. Il mercoledì c'era pasticcio di carne e rognone, con la sua crosticina leggera sopra al ripieno molle e appiccicoso all'interno, proprio come doveva essere, che sguazzava nel suo sugo caldo e saporito; e purè di patate con un po' di formaggio sciolto all'interno che gli dava un colore dorato; e rape, ma non bollite nell'acqua, bensì tagliate sottili e arrostite nel burro (una specialità di Cook). E pasta sfoglia alla melassa, proprio come piaceva a loro: non uno spesso rotolo di pasta con un po' di sciroppo versato sopra, ma una sfoglia sottile cosparsa di goccioloni di melassa e poi arrotolata delicatamente, così che ogni briciola era impregnata di quella crema dorata...

Lo so, si tratta di un pasto veramente indigeribile, ma la signora Brown nutriva i suoi bambini con ciò che a loro più piaceva, ogni giorno della settimana. Ma oggi non c'era pasticcio di carne e rognone, e nemmeno pasta sfoglia alla melassa. Invece, sotto alle loro finestre, sentirono uno scalpiccìo di piedi, un tintinnìo di stoviglie e le voci di Hoppitt e Cook impegnati in un'opera di beneficenza. Hoppitt aveva imbandito una grande tavola fuori del cancello, con un cartello che recitava:

AVANZI DI PASTICCIO DI CARNE
E ROGNONE, PURE' DI PATATE,
RAPE (SPECIALITA' DI COOK)
E PASTA SFOGLIA
ALLA MELASSA PER TUTTI.
DA GETTARE
A CAUSA DEL MORBILLO.
METTETE LA VOSTRA OFFERTA
NELLA SCATOLA.

Temo che la suddetta scatola per le offerte fosse stata fornita da Hoppitt e Cook, ma, dopotutto, si trattava di una loro idea.

I bambini dunque se ne stavano a letto aspirando al pasticcio di carne e rognone e alla pasta sfoglia alla melassa e pensando con rabbia e sconforto che i bambini del villaggio avrebbero fatto una bella scorpacciata. Essi erano da sempre in guerra con i bambini del villaggio, che erano guidati da un grosso e terribile ragazzo di nome Barilotto. Sarebbe diventato un barilotto ancora più grosso dopo una simile scorpacciata, pensarono i bambini della famiglia Brown, risentiti.

Ma loro dovevano stare a letto e soffrire; e ora che il mal di testa se n'era andato, avrebbero desiderato dare un'occhiata ai loro libri, ma le tende erano tirate e anche se avessero avuto luce abbastanza per leggere, ciò non era consentito; e per quanto riguarda il parlare, ogni volta che aprivano la bocca, Tata Matilda era lì con un grosso cucchiaio di medicina. Quando venne sera e lei giunse a rimboccare loro le coperte – doveva iniziare presto, perché erano così tanti – e a dare l'ultima dose di sciroppo (dose doppia stavolta, perché doveva «durare per tutta la notte»), i bambini erano ormai pronti per chiedere umilmente: «Domani mattina possiamo alzarci?».

«Potete cosa?», disse Tata Matilda.

«Possiamo alzarci?».

«Potete cosa?», disse Tata Matilda.

«*Potiamo azarci, pe favoe?*», disse il bebè.

«Oh, sì: possiamo alzarci, per favore?», dissero i bambini.

E Tata Matilda sorrise e diede un lieve colpetto col suo bastone e se ne andò; e quando se ne fu andata, i bambini non menzionarono affatto il suo dente. Si dissero solo l'un l'altro: «Solo per un momento, non sembrava carina?».

Il mattino dopo, quando Tata Matilda fece il suo ingresso, i bambini si erano alzati, lavati, vestiti, avevano pulito i denti e piegato i loro pigiami, aperto le finestre e voltato i materassi ed erano pronti per scendere in giardino per una boccata d'aria fresca prima di colazione. I più grandi tenevano i più piccoli per mano. Tata Matilda non disse nulla, ma chiese a Hoppitt di portare un messaggio al signore e alla signora Brown assieme alla colazione.

«Con gli omaggi di Tata Matilda, signora – disse Hoppitt –, devo riferirle le seguenti parole: "Lezione numero quattro"».

«Oh, grazie, Hoppitt – disse la signora Brown –. Sapete se i bambini stanno meglio?».

«Questo non lo so, signora – disse Hoppitt –. Ma ho come il presentimento – se lorsignori mi perdonano una simile espressione – che sia così». E aggiunse, in un raro slancio di confidenza: «Tata Matilda stessa mi sembra sia... come dire... più bella stamattina».

*C'era una volta
una numerosa famiglia...*

... con tanti bambini,
tutti veramente, veramente terribili.

Tata Matilda era molto brutta,
la più brutta persona
che abbiate mai visto in vita vostra!

Nicolas aveva decapitato tutte le bambole,
e ora si stava guardando intorno alla ricerca
di altre vittime, orsacchiotti, bambolotti,
pupazzi di ogni genere.

E l'orribile verità apparve loro davanti agli occhi: avevano veramente il morbillo!

"Per la febbre", disse Tata Matilda, facendo il giro dei bambini con la bottiglia nera.

Povera Evangeline, era buona come un pezzo di pane.

"Aiuto! Omicidio! Cannibalismo!".

La prozia
Adelaide Stitch
era una vecchietta
terribile, con uno
sguardo furibondo
come quello di
un rinoceronte.

I bambini erano finalmente riusciti
a vestire Modestine, ma dovettero ammettere
che l'aspetto finale era davvero curioso.
C'erano voluti gli abiti migliori
di tre delle bambine per coprirla,
ma anche così la coda sporgeva da dietro.

Capitolo VI

Non dovete certo pensare che, da quel momento in poi, i bambini della famiglia Brown si siano sempre comportati bene: no di certo! Il giorno successivo ricominciarono a fare i cattivi, come scoprirete presto. Suppongo che per loro fosse una specie di abitudine, e proprio non riuscivano ad abituarsi a essere buoni; e, dopotutto, erano arrivati solo fino alla lezione numero quattro.

Ma quel giorno si comportarono bene; e – dovettero ammetterlo essi stessi – anche quando ricominciarono a fare i cattivi, quel giorno si divertirono moltissimo.

Era una bella giornata e Tata Matilda decise di fare lezione in giardino. Ma che lezione! Cominciarono con la storia: il prato era l'Oceano Atlantico, e gli arbusti dall'altro lato erano l'America; ed essi salirono a bordo del vecchio calesse del pony, che presero dalla rimessa delle carrozze, e ne fecero il *Mayflower**; e tutti si ammucchiarono a bordo e partirono per attraversare l'Atlantico, patendo terribilmente il mal di mare e gridando costantemente: «Terra! Terra!», per rimanere profondamente delusi quando si trattava solo di un'illusione. All'ora della merenda di metà mattina a latte e biscotti, anche il bebè riusciva a dire: «*Iacomopimo*», «*Milleteicetobenti*» e «*Meipaua*», che, come Tata Matilda riusciva a capire anche senza la traduzione dei più grandi, volevano dire Giacomo I, Milleseicentoventi e *Mayflower*. Come certo saprete, si tratta della data in cui partì il *Mayflower*.

Dopo la pausa studiarono francese: metà dei bambini faceva i verbi, mentre l'altra metà faceva le desinenze, e giocarono una specie di nascondino, in cui i verbi dovevano cercare le desinenze appropriate; e presto fu ora di pranzo.

«Oggi pomeriggio – disse Tata Matilda quando il pranzo fu terminato – faremo una passeggiata e, al tempo stesso, studieremo aritmetica».

* Nome del vascello dei padri pellegrini che fondarono Plymouth, la prima colonia inglese in America, nel 1620.

«Oh, no!», dissero i bambini, scoraggiati. Pensate un po': una passeggiata, e in più con l'aritmetica!

Ma l'aritmetica di Tata Matilda era completamente diversa dall'aritmetica delle istitutrici precedenti. Tata Matilda fece loro far finta di avere un numero limitato di gambe e di braccia, che non consentiva loro di muoversi. Alcuni di loro, per muoversi, dovevano saltellare su una gamba sola, mentre altri, che non avevano nemmeno una gamba, dovevano essere trasportati (fortunatamente si trattava dei più piccoli), e quelli senza braccia dovevano camminare tutti rigidi e impettiti, con i vestiti abbottonati sopra alle braccia vere, che in questo modo restavano aderenti ai fianchi, e le maniche penzolavano vuote. Così cominciarono a ridividere le braccia e le gambe, in modo da pareggiare le cose; in questo modo i piccoli impararono ad aggiungere e a sottrarre: «Prendi una gamba da Justin, che ne ha due, e dalla al povero Dominic, che non ne ha nessuna. Arabella e Joanna e Susannah hanno in tutto quattro braccia; dandone una a ciascuna, fa tre col riporto di uno...». E i più grandi presero confidenza col denaro dando dei prezzi alle gambe e alle braccia; e chi ne aveva troppo poche, trattava con chi ne aveva abbastanza o con chi – come presto accadde con i più bravi a trattare – ne aveva troppe.

Tora, che in aritmetica andava malissimo, finì presto come una specie di cuscino, poverina, ufficialmente senza braccia né gambe; mentre Anthony, che era molto in gamba con i soldi – forse perché quand'era piccolo aveva inghiottito una monetina ed era così diventato un eroe agli occhi dei fratellini e delle sorelline –, aveva quattro braccia e tre gambe ed era anche riuscito a essere più ricco degli altri di una sterlina e due pence. Tuttavia, era un bambino molto gentile e andò da Tora e le vendette una gamba per i suoi ultimi due pence, cosicché la sorella fu almeno in grado di saltellare; e la sosteneva, dato che, non avendo lei le braccia, non poteva aggrapparsi a lui. Altrimenti, dato che lei era una delle più grandi – troppo grande dunque per essere trasportata – avrebbe dovuto rimanere sdraiata ai margini della via, finché non le avessero prestato una gamba per fare ritorno a casa.

Quella sera, quando Tata Matilda li vide tutti a letto, veramente sembrava – eccetto che per il dente – sorridente e quasi meravigliosa. E i bambini pensavano che non sarebbero mai più, mai più stati cattivi.

Ma quando il mattino dopo si svegliarono, non sarete certo sorpresi di scoprire che erano ancora terribili come al solito.

Quando Tata Matilda li mandò in giardino a prendere una boccata d'aria fresca prima di colazione, essi non uscirono affatto. Invece si dissero l'un l'altro: «Andiamo di là, oltre la porta di panno».

A quei tempi, quando le famiglie erano così numerose, c'era bisogno di un folto personale di servizio per badare a tutto, e le case erano divise in due da una porta ricoperta di panno – verde o rosso – e tempestata di grossi chiodi d'ottone rotondi. Da un lato della porta di panno viveva la famiglia, mentre dall'altro lato viveva il personale. Nel caso della famiglia Brown, il personale era costituito da Hoppitt e Cook; da Celeste, la cameriera francese che si prendeva cura della signora Brown; da Ellen, la cameriera addetta al servizio a tavola; da Alice ed Emily, le donne in carico della casa, che venivano sempre nominate insieme, quasi fossero due gemelle siamesi; e da Evangeline, la sguattera. Povera Evangeline, tutti la maltrattavano in maniera incredibile, ma lei era buona come un pezzo di pane e penso che non ci facesse neanche caso.

Ai bambini – specie a quelli della famiglia Brown – era proibito passare attraverso la porta di panno, a meno che non fossero espressamente invitati dal personale. Ma devo confessare che i bambini della famiglia Brown venivano invitati molto, molto raramente.

Ma quel mattino – forse stanchi di essere stati troppo buoni, perché non era certo loro abitudine – i bambini passarono attraverso la porta di panno; e, ciò che è peggio, dimenticarono di chiuderla alle loro spalle. Ricorderete certamente che una delle cose che il signore e la signora Brown avevano detto a Tata Matilda riguardo ai bambini era che questi non chiudevano mai le porte alle loro spalle. «Ricordatevi della porta!», ripetevano freneticamente i loro genitori. Ma i bambini non se ne ricordavano. E anche quel mattino non chiusero dietro di sé la porta di panno.

Hoppitt, Cook, Celeste, Ellen, Alice ed Emily stavano facendo colazione nella stanza del personale (Evangeline li serviva), in attesa di portare la colazione alla famiglia. Quando ritornarono in cucina, ecco cosa stavano facendo i bambini: Sophie aveva preso i calzini grigi di lana di Hoppitt dall'asciugatoio e li stava inzuppando nel porridge; Hetty aveva preparato una dura pasta di acqua e farina e la stava passando attraverso il torchio per i panni; Justin aveva ricoperto la sedia di Cook con del grasso; Almond aveva trovato la cipria e il belletto di Celeste e stava dipingendo delle facce sorridenti sulle salsicce da cuocere per la prima colazione; Agatha stava facendo il bagno ai cani nella pentola del brodo; e tutti gli altri bambini stavano anch'essi facendo cose terribili.

I bambini diedero un'occhiata a Hoppitt, a Cook, a Celeste, a Ellen, ad Alice e a Emily, e corsero attraverso la porta di panno il più velocemente possibile, la chiusero alle loro spalle e si appoggiarono contro di essa. Dall'altro lato, si udiva giungere il terribile suono delle urla di sdegno, disapprovazione e sorpresa di Hoppitt, Cook, Celeste, Ellen, Alice ed Emily mentre scoprivano ciò che era successo ai calzini, al torchio, alla sedia, alle salsicce e alla pentola del brodo.

Se non sbaglio, ci fu anche qualche risolino, bruscamente interrotto dall'alto grido di comando: «Evangeline! Apri quella porta!».

I bambini si appoggiarono alla porta e spinsero con tutta la loro forza. «Non ce la fa! – dissero –. Siamo salvi!».

Tata Matilda stava in alto sulle scale, guardando in basso verso di loro; sollevò il suo grosso bastone nero e...

...e la porta si aprì improvvisamente all'interno, facendo precipitare i bambini in cucina, l'uno sull'altro, in un groviglio di gambe, braccia, teste e spalle, e con i sederini belli pronti tutti all'aria.

Hoppitt e Cook, senza dire una parola, porsero a Evangeline una grossa padella piatta.

E giù botte con la padella.

I bambini urlavano e lottavano per liberarsi, e alla fine si rialzarono in piedi e corsero dall'altro lato della porta. Ma per quanto spingessero, questa non si chiudeva. Era molto strano: per quanto tutti quei bambini spingessero, non riuscivano a chiudere la porta.

E mentre la porta dondolava avanti e indietro, poterono vedere che in cucina Cook, Hoppitt, Celeste, Ellen, Alice ed Emily stavano armando Evangeline per la guerra totale. Alla fine si fece avanti, sospinta dagli altri che la esortavano a comportarsi da prode. Sulla testa aveva una grossa casseruola nera smaltata, sul petto robusto pendeva una grande teglia per l'arrosto, in una mano brandiva la padella (ormai piena di bitorzoli) e nell'altra il mattarello di Cook. Sul suo grosso viso rotondo aleggiava un'aria dubbiosa e recalcitrante; ma alle sue spalle Hoppitt era pronto a pungolarla con il forchettone.

I bambini cominciarono ad arretrare attraverso l'anticamera fino alla porta d'ingresso. Le grida: «Apri la porta!» e: «Fuggiamo in giardino!» riempirono l'aria. «*Pucciamo in ciadino! Api la pota!*», gridò il bebè, arretrando il più velocemente possibile con le sue gambe corte e grasse. Come al solito, il suo pannolino sembrava sempre sul punto di cadere.

Ma, proprio come l'altra porta non voleva saperne di chiudersi, questa non voleva saperne di aprirsi. Tirarono e strattonarono, lottarono con la serratura, scossero i catenacci, si appesero alle catenelle, ma niente riusciva a far aprire la porta. Nel frattempo, ricoperta di stoviglie, Evangeline avanzava con la padella alzata. Ma...

«Dopo tutto – disse Daniel improvvisamente – è solo Evangeline».

Tutti i bambini smisero di lottare con la porta e la guardarono. La porta immediatamente si aprì, ma loro non se ne accorsero.

«Dopo tutto – dissero – è solo Evangeline».

«*Tolobancelin*», disse il bebè.

Tata Matilda guardò giù dalle scale. Guardò i volti dei bambini, che sorridevano sollevati, e guardò al grasso viso rotondo e riluttante di Evangeline; e colpì ancora una volta con il suo bastone. E in quello stesso istante, fuori della cucina, corazzati di casseruole e teglie e armati di padelle, mattarelli, scope, spazzoloni, ferri da stiro e pinze per capelli (Celeste!), apparvero Hoppitt, Cook, Celeste, Ellen, Alice ed Emily; spinsero Evangeline da un lato e si fecero avanti...

I bambini erano al di là della porta prima che questa facesse in tempo a richiudersi, e guadagnarono il giardino.

L'esercito da cucina si lanciò alla caccia. Giù per il viale... attraverso l'ampio prato... tra gli arbusti a ridosso delle mura del giardino della cucina; districandosi tra le reti, tra i filari di fagioli, tra le canne dei lamponi... I piccoli si persero in una foresta di arbusti di ribes, quelli di mezzo inciamparono nei sarmenti delle zucchine, e si dovette tornare indietro, risollevarli e rimetterli in corsa; pomodori e uva spina maturi esplosero e si spiaccicarono sotto i loro piedi in corsa. Il pannolino del bebè era sceso e si era fermato alle caviglie.

Nella serra, la porta non volle chiudersi alle loro spalle per tenere indietro gli inseguitori, e dovettero uscire rompendo una delle vetrate, con gran rabbia del giardiniere. Saltarono oltre il muro, giù per il sentiero di ciottoli, calpestando aiuole fiorite, strappando cespugli di rose, correndo, correndo, correndo...

Correndo così veloci che, prima ancora di pensare allo stagno, si trovarono sulla sua riva erbosa, slittando e scivolando finché... *splash splosh*! *splash splosh*! Finirono nel bel mezzo dell'acqua e del fango.

Hoppitt, Cook, Celeste, Ellen, Alice, Emily ed Evangeline arrivarono alla riva, e, agitando freneticamente le braccia per mantenere l'equilibrio, riuscirono a fermarsi e si misero a guardarli con astio. I bambini si spostarono al centro dello stagno e restituirono lo sguardo.

Hoppitt, naturalmente, aveva assunto il ruolo di generalissimo. Fece un gesto di comando: «Venite fuori!», gridò, con un'espressione che Evangeline conosceva fin troppo bene. «E in fretta!».

«No», disse Lindy, e gli gettò una manciata di fango dello stagno.

Il fango colpì Hoppitt – *bonk*! – in pieno naso, ma la sua dignità non vacillò.

«Molto bene – disse –, l'avete voluto voi».

Ed allora i bambini videro che, per non saper né leggere né scrivere, si era portato dietro la casseruola del porridge.

Lo stagno era molto ampio e poco profondo, e anche molto fangoso. I bambini si erano rannicchiati al centro e controllavano il loro territorio, se si può chiamare territorio quella distesa di soffice, appiccicoso, melmoso e attaccaticcio fango marrone. Cook, Celeste, Ellen, Alice, Emily ed Evangeline si allargarono e si disposero a cerchio attorno alla riva. Non c'era via di fuga; e ora Hoppitt stava passando in rassegna le truppe, affidando alle loro mani i suoi calzini intinti nel porridge.

La battaglia ebbe inizio.

Fortunatamente per i ragazzi, solo Hoppitt aveva una buona mira. I bambini raccoglievano i calzini dall'acqua e li rilanciavano con l'aggiunta di una notevole quantità di fango. La loro mira era molto migliore, e presto le facce attorno allo stagno erano di un curioso grigio grumoso, striato di nero: solo gli occhi spuntavano minacciosi da sotto le casseruole. I calzini volavano avanti e indietro, ma stavano ormai perdendo la loro eccellente copertura di porridge. Hoppitt li intinse di nuovo nella casseruola e li ridistribuì. I bambini approfittarono dell'intervallo per sciacquarsi la faccia nello stagno. Il risultato fu un effetto striato, con piante di convolvolo che pendevano dalle loro teste sulle orecchie, come fossero capelli verdi; ma se non altro non dovevano leccare via il porridge. Il personale sulla riva non poteva lavarsi, e sotto lo strato di avena fredda i loro volti erano sempre più irati.

Quando il porridge fu terminato, Cook portò l'impasto del torchio.

I bambini cominciavano a disperarsi. Tutto ciò che avevano per controbattere era il fango, e ora Alice ed Emily si erano armate di scope e spazzoloni, e ogni volta che un bambino si abbassava per raccogliere del fango, si trovava bloccato giù da uno spazzolone. Fortunatamente, i più piccoli, che potevano sembrare quelli più in difficoltà, si divertivano un mondo. Con tutte quelle tate e bambinaie e istitutrici, avevano davvero di rado l'opportunità di giocare nel fango, e penso che Tata Matilda, ogni volta che batté col suo bastone, facesse in modo che i più piccoli non dovessero patire troppo.

Ma anche se i più piccoli si divertivano, non si poteva continuare a stare tutto il tempo a gettare fango e pasta: specie perché, ora che la pasta stava finendo, Hoppitt stava mandando Evangeline in cucina per portare altre munizioni.

«Porta quelle salsicce su cui hanno disegnato le facce», comandò.

«E anche le gelatine e il biancomangiare – aggiunse Cook – che ho messo da parte per il tè».

I bambini tennero consiglio. «Ciò di cui abbiamo bisogno è un ostaggio!».

«*Un otaccio, un otaccio*», gridò il bebè, sguazzando su e giù nel fango, dall'aspetto ormai simile a quello di un bimbo di cioccolato pronto da mangiare.

«Prenderò Cook», disse Sally all'improvviso.

Cook stava ridendo. Se ne stava sulla riva dello stagno assieme a Hoppitt, e stava ridendo al pensiero di usare come munizioni tutte le gelatine e il biancomangiare che i bambini adoravano così tanto. Ma in realtà i bambini odiavano le gelatine e il biancomangiare e finora avevano solo fatto finta di mangiarli, solamente per non ferire i sentimenti di Cook. Sembrò loro ingrato che lei ridesse, e, comunque, così poco da Cook l'essere tanto poco gentile. Ma tutto era... ecco, *strano*, quel giorno.

Cook stava ridendo così tanto che non notò minimamente Sally serpeggiare fuori del fango come una lontra e legare le sue robuste caviglie con un pezzo di convolvolo. Quando Evangeline fece ritorno, ondeggiando per il prato verso di loro, con la visuale coperta dal carico di gelatine, biancomangiare e salsicce,

Cook si allungò e prese una salsiccia, e la lanciò verso il gruppo di bambini nello stagno, e scalciò le gambe dalla gioia.

Ma invece di andarsene in due direzioni, le sue gambe, legate insieme com'erano, se ne andarono dalla stessa parte; e Cook si ritrovò seduta sul suo largo sedere, con un colpo che scosse le rive dello stagno e fece andare all'aria le gelatine e il biancomangiare, e, ben unta dal grasso che i bambini avevano versato sulla sua sedia, cominciò a scivolare sulla riva scoscesa verso l'acqua. E i bambini afferrarono un'estremità della fila di salsicce e cominciarono a tirare, e colta di sorpresa, Cook dimenticò di lasciar andare l'altra estremità.

La situazione era ormai disperata. Sulla riva, Hoppitt e Ellen avevano preso Cook per le orecchie – i capelli non erano i suoi, quindi non aveva senso aggrapparsi a essi – e la stavano tenendo a tutti i costi, per impedire che i bambini la prendessero in ostaggio. Nello stagno, i bambini avevano agguantato la fila di salsicce e la stavano trascinando lentamente nell'acqua.

Ma il fondo dello stagno era soffice e scivoloso, e gradualmente il loro peso, mentre tiravano, li stava portando sempre più a fondo – dapprima fino alle caviglie, poi fino alle ginocchia – e i piccoli erano ormai dentro fino alla cintola... Ma non osavano lasciare la presa, altrimenti avrebbero perso il loro ostaggio; e quindi se ne stavano lì, incollati nel fango, prede impotenti della carica di gelatine e biancomangiare; per non parlare delle scope, degli spazzoloni e anche dei mattarelli, dei ferri da stiro e delle pinze per capelli di Celeste. Che pizzicotti che dava Celeste con quelle pinze per capelli quando si ricordava della sua cipria e del suo belletto, riversati su quelle facce sorridenti dipinte sulle salsicce!

Nel frattempo il fango era arrivato al collo. Oh poveri noi, pensarono i bambini, se solo non avessimo attraversato la porta di panno! Se solo l'avessimo chiusa! E non poterono fare a meno di aggiungere mestamente, se solo chiudessimo sempre le porte!

E non appena lo dissero, il bebè gridò esultante, con grosse bolle di fango che gli uscivano dalla bocca, dato che, essendo più piccolo degli altri, era ormai sommerso quasi completamente: «*Aiiva Tata Matida!*».

E infatti, eccola lì: se ne stava tranquilla sul prato, guardandoli, anche se non erano sicuri che non fosse già lì da prima.

«Oh, Tata Matilda! – gridarono in coro –. Aiutaci!».

«*Dite pefavoe*», disse il bebè, ma quasi contemporaneamente, stavolta, tutti dissero: «Per favore!».

E Tata Matilda sorrise; e non appena sorrise, improvvisamente cominciò a succedere di tutto. Mentre Hoppitt ed Ellen tiravano, e i bambini tiravano dall'altra parte, con la fila di salsicce tesa tra loro, una piccola figura marrone balzò attraverso l'acqua e una fila di piccoli denti bianchi si avventò sulla fila di salsicce. Allo stesso tempo, una piccola figura nera balzò sulla riva e, con un'altra fila di denti bianchi, afferrò il parrucchino di Cook tra le mani di Hoppitt ed Ellen e fuggì attraverso il prato. E Hoppitt ed Ellen furono così sorpresi di vedere la calva testa bianca di Cook che spuntava dalla sua faccia rotonda nera di fango, che la lasciarono andare e lei scivolò giù per la riva dritta nelle mani del nemico. Allo stesso tempo, con un grande rumore di poltiglia, i piedi dei bambini vennero improvvisamente fuori del fango.

Erano liberi! E avevano il loro ostaggio, mentre il nemico li guardava, impotente, dalla riva. Tutto ciò di cui avevano bisogno erano munizioni nuove, e avrebbero vinto la battaglia.

«Oh, Tata Matilda – pregarono con tutto il cuore –, per favore! Per favore!».

E Tata Matilda sorrise ancora; ed Evangeline, che aveva raccolto tutte le gelatine e il biancomangiare, faceva di nuovo fatica a vedere dove stava andando e, ansiosa di scoprire ciò che stava accadendo attorno a lei, camminò dritta nello stagno, inciampò nei convolvoli, cadde lentamente in avanti e depositò il suo carico di munizioni dritto di fronte ai bambini...

Hoppitt, Celeste, Ellen, Alice ed Emily diedero un'occhiata alla povera Cook, calva e coperta di fango color cioccolata, e a Evangeline che se ne stava immersa fino al torace nell'acqua con il vassoio vuoto; girarono le spalle e camminarono con contegno fino alla cucina. Tata Matilda si avvicinò alla riva dello stagno e porse una mano per aiutare Cook.

Cook era furiosa.

«Ah, bene! Aspetti solo che la signora sappia quello che è successo!». Se ne stava nell'acqua fino alle ginocchia, e aveva come una lettera di licenziamento scritta nell'espressione del viso, in lettere di fango: «Lasci ... che ... le ... dica, ... Tata...», cominciò.

Tata Matilda le aveva porto la mano sinistra, e con la destra sollevò il suo grosso bastone nero e diede un colpettino. E non appena il colpo risuonò sul terreno, l'espressione di Cook cambiò. «Lasci che le dica, Tata – ripeté Cook aggrappandosi alla mano di Tata Matilda e tirandosi allegra fuori dell'acqua – che senza questi cari bambini, non so dove sarei in questo momento! Qualsiasi cosa mi succeda, non saprei immaginarlo! Il mio parrucchino deve essere caduto; spesso mi scivola via. Il personale ci è abituato, e nel cercarlo devo essere scivolata nell'acqua. Non sono più così agile sulle mie gambe come un tempo», ammise Cook, ridendo di buon umore. «E quei poveri bambini devono essersi tuffati e bagnati completamente per aiutarmi a uscire. Sono stati davvero gentili! E quei cani! – gridò Cook – come sono buoni, stanno venendo a riportarmi i capelli!». In effetti, Zucchero si era unito a Spezia e, dopo essersi ingoiati tutte le salsicce (facce comprese), stavano ora trotterellando tranquillamente verso Cook portando con delicatezza i suoi capelli tra i denti.

«Allora, tutto è bene quel che finisce bene», disse Tata Matilda; e quando i bambini erano tornati in fila indiana in casa per un bagno caldo e per cambiarsi i vestiti – chiudendo accuratamente le porte alle loro spalle, di questo potete esserne certi –, Tata Matilda scese al piano terreno per incontrare i signori Brown nell'anticamera.

«Lezione numero cinque», disse Tata Matilda.

Capitolo VII

I bambini furono buoni per tutto il giorno successivo, e anche il personale parve ingentilito dall'esperienza. Cook andò dalla signora Brown e disse che, poiché Tata Matilda pensava che i bambini dovessero seguire una dieta più bilanciata, per quanto le piacesse cucinare la pasta sfoglia alla melassa, e l'oca arrosto con la sua sottile crosticina dorata, e le rape al burro (la sua specialità) e le gelatine e il biancomangiare, avrebbe smesso di cucinare tutto ciò e avrebbe preparato pesce bollito e budino di riso in una maniera così deliziosa che sarebbe piaciuto moltissimo anche a loro.

«Mi chiedo se voi – o persino la Tata – riuscirete a far loro piacere la verdura», disse la signora Brown.

«Beh, forse la verdura no», ammise Cook.

«Sono sicura che mangeranno tutto ciò che verrà loro servito – disse Tata Matilda tranquilla –, verdura e tutto il resto».

E così fu. Non posso certo dire che a loro piacesse la verdura, ma tutto il resto era così delizioso che alla fin fine non si infastidirono per la dieta bilanciata e addirittura furono contenti di non sentirsi gonfi come al solito dopo ogni pasto. E, naturalmente, in segreto erano molto contenti di non doversi più sorbire le gelatine e il biancomangiare.

Così i giorni trascorsero felicemente finché un giorno Tata Matilda disse: «Bene, bambini, oggi è il mio giorno libero. Siate buoni e fate quello che vi viene detto. E non dimenticate: verdura per pranzo!»; si mise addosso la sua giacca nera scolorita e il suo cappellino nero scolorito con il giaietto nero, prese il suo grosso bastone nero e scese lungo il viale.

Così i bambini si misero a giocare, e dopo un po' la signora Brown entrò nella sala e disse: «Bambini, dov'è Tata Matilda?».

Ed ecco ciò che i bambini stavano facendo quando la signora Brown entrò nell'aula: Helen aveva aggiunto del fango al cacao della merenda e tutti avevano cominciato a trangugiarlo; Nicolas aveva ritratto le braccia dalle maniche e si aggirava fingendo di essere l'Uomo senza Braccia, spaventando i piccoli; Lindy aveva vestito il piccolo Justin facendogli infilare entrambe le gambe in un pantalone e il povero bambino se ne andava in giro saltellando come un pettirosso; Susannah si era paracadutata fuori della finestra con un ombrello ed era atterrata su un mucchio di letame ed ora era di ritorno; e tutti gli altri bambini stavano anch'essi facendo cose terribili.

La signora Brown diede un'occhiata ai suoi cari bambini, senza braccia, con una gamba sola, che ingoiavano fango e cacao e che odoravano di sterco, e disse: «Mi sembra che vi stiate davvero divertendo, cari, ma dov'è Tata Matilda?».

Al che i bambini dissero: «È il suo giorno libero. È fuori».

«Oh povera me – disse la signora Brown –. Bene, cari, la vostra prozia Adelaide Stitch oggi pomeriggio verrà a prendere il tè e desidera vedervi. Quindi dopo pranzo dovrete indossare i vostri vestiti migliori».

Ai vecchi tempi i bambini avrebbero detto alla grassa tata e alle due bambinaie impettite e all'istitutrice – e, temo, anche alla loro cara mamma: «No, proprio non vogliamo». Ma stavolta si limitarono a brontolare e accigliarsi e a scalciare il pavimento con la punta delle scarpe (così che si rovinassero) e borbottarono: «Oh, no! Dobbiamo proprio? *Odiamo* i vestiti migliori».

«Poveri cari – disse la signora Brown –, temo proprio di sì. La prozia Adelaide Stitch è molto ricca e un giorno lascerà tutti i suoi soldi a papà e a me, perché è molto preoccupata per noi, che abbiamo così tanti bambini. Quindi è giusto essere gentili con lei». E aggiunse: «E non scalciate il pavimento con la punta delle scarpe, che si rovinano», e se ne andò felice e fiduciosa nel buon comportamento dei suoi cari bambini.

I bambini si divertirono immensamente dopo che la signora Brown se ne fu andata. Scesero fino al cancello e rimasero in attesa di Barilotto che usciva da scuola. Abbiamo già parlato in precedenza di Barilotto. Oltre a essere il capo della banda del villaggio, era anche l'unico figlio dei suoi genitori, il signore e la signora Verdura. Il signore e la signora Verdura erano i proprietari del negozio di dolciumi del villaggio, e questo suppongo sia il motivo per cui Barilotto era così grasso, e anche così terribilmente goloso.

I bambini erano tanti e Barilotto era da solo – era sempre il primo a uscire da scuola quando suonava la campanella del pranzo –, e quindi fu facile per loro catturarlo. Lo legarono in una specie di fagotto e lo nascosero dietro la siepe. Quando arrivarono gli altri bambini del villaggio, i Brown se ne stavano penzolando, massaggiandosi lo stomaco e gridando: «Ahi, ahi, ahi!».

«Cosa succede?», chiesero i bambini del villaggio, deliziati al vedere i Brown soffrire.

«Ci avevano avvisato di non mangiare i bambini – dissero i Brown – e ora che l'abbiamo fatto dobbiamo ammettere che i grandi avevano ragione: abbiamo un terribile mal di pancia».

«Che bambini?», chiesero gli altri.

«Barilotto Verdura – dissero i Brown –. Abbiamo scelto lui perché era quello più in carne». E cominciarono a raddrizzarsi e a leccarsi le labbra e a guardarsi intorno verso gli altri bambini del villaggio, come se, dopo Barilotto, stessero scegliendo il più grasso.

I bambini alzarono i tacchi e corsero via, e ben presto il padre e la madre di Barilotto arrivarono veloci come il fulmine gridando: «Che ne avete fatto? Che avete fatto al nostro bambino?».

«Andato!», dissero i Brown, il che era vero, perché nel frattempo avevano liberato Barilotto, che se l'era data a gambe attraverso i campi, tanto veloce quanto glielo permettevano le sue tozze gambe. Ma loro si massaggiavano lo stomaco con un'espressione piena di significato, e scuotevano tristemente le loro teste come se si pentissero che se ne fosse andato, come se avessero desiderato che fosse ancora lì per ricominciare a mangiarlo, tanto delizioso era stato.

«Andato?», gridarono il signore e la signora Verdura, guardandoli inferociti.

«Andato del tutto», dissero i bambini, pieni di rimorso.

«*Adato tuto!*», fece eco il bebè, massaggiandosi anch'egli il pancino.

«Ma come? Quel povero bambino innocente?», esclamò il signor Verdura, guardando pieno di orrore quei piccoli cannibali.

«Aiuto! Omicidio! Cannibalismo!», gridarono e, stringendosi l'un l'altro a sostegno, vacillarono via verso la stazione di polizia.

Ora che Figgs, il poliziotto del villaggio, si era completamente svegliato dal suo sonnellino pomeridiano (interrotto dalla visita del signore e della signora Verdura), aveva sfogliato il suo manuale di polizia in cerca di istruzioni riguardo ai bambini mangiati nei distretti rurali, si era abbottonato l'uniforme e aveva trovato il suo berretto, Barilotto aveva ormai fatto ritorno alla casa dei genitori e si era gettato sul pasto di mezzogiorno (aveva, comunque, accantonato la carne). Figgs li aveva incontrati tutti e tre mentre si recava a casa Brown, ma ciò nonostante aveva portato a termine il suo proposito. Il ragazzo Verdura era sospettato di essersi disperso a causa di cannibalismo, e il poliziotto Figgs doveva investigare.

Hoppitt venne ad aprire la porta.

«Sono venuto a investigare», disse il poliziotto Figgs.

«Investigare cosa?», disse Hoppitt, sfoggiando un sorriso superiore da maggiordomo.

«Il giovane Verdura – disse Figgs –. Disperso. Si ritiene sia stato mangiato».

«Mangiato?», gridò Hoppitt, e il suo viso perse improvvisamente il sorriso.

«Consumato in questo immobile, a quanto ne so», disse il poliziotto, guardandosi intorno con interesse.

«Mi segua», disse Hoppitt, conducendolo attraverso l'anticamera fino al salotto. Il suo contegno era sempre maestoso, ma era diventato terribilmente pallido. «La Polizia Criminale», annunciò, spalancando la porta e accompagnando il poliziotto all'interno; e filò via attraverso la porta di panno per andare a raccontare tutto al resto del personale.

«*Impossible!*», gridò Celeste. Lo disse in francese, ma fu chiaro a tutti quel che voleva dire.

«Da loro me lo sarei aspettato», disse Ellen, ripensandoci.

«Lo hanno mangiato per pranzo!», sussurrarono Alice ed Emily, atterrite.

«Dopo tutta quella dieta bilanciata!», disse Cook.

Evangeline non disse niente, ma diede un'occhiata allo specchio alle sue forme rotondette e decise che da quel momento si sarebbe messa a dieta.

In salotto, il poliziotto Figgs aveva spiegato la questione e il signor Brown era salito nella stanza dei bambini per chiamarli a raccolta («Ma sono sicura – aveva detto la signora Brown – che non possono aver fatto una cosa così cattiva»). Arrivarono in fila e si disposero a cerchio sul tappeto del salotto.

«Mi è stato riferito – disse il poliziotto Figgs, guardandoli pieno di biasimo – che avete mangiato il giovane Verdura: lo avete mangiato per pranzo?».

«No – dissero i bambini –, era troppo duro. E non abbastanza bilanciato, probabilmente». E aggiunsero, con sguardo innocente, «di aver fatto solo quello che gli era stato chiesto di fare».

«Che cosa vi è stato detto? – gridò la signora Brown –. Chi vi ha detto di mangiare Barilotto Verdura?».

«Tata Matilda», dissero rispettosamente i bambini.

«*Tata Matida*», disse il bebè.

«Tata Matilda! Vi ha detto di mangiare il giovane Verdura?», gridò il poliziotto Figgs.

«È quello che ha detto», dissero i bambini.

«*Tuello cadetto*», disse il bebè.

«Ma *cosa* ha detto esattamente?», chiesero il poliziotto Figgs, il signore e la signora Brown parlando tutti insieme.

«Ha detto: "Verdura per pranzo"», dissero i bambini e il bebè, parlando anch'essi tutti insieme; solo che il bebè, naturalmente, disse: «*Vedua pepancio*».

«Verdura per pranzo!», disse il poliziotto Figgs; e rimase lì a pensare per un bel po', immobile e silenzioso, guardando le punte dei suoi grandi stivali neri. Poi tirò fuori un piccolo taccuino nero, leccò la punta di una grossa matita nera e scrisse: *Investigazione su un caso di cannibalismo nel distretto rurale*; dopodiché scrisse, tutto in maiuscolo: CASO CHIUSO; chiuse anche il taccuino, e se ne andò.

«Ecco, vedi – disse la signora Brown, sorridendo contenta al signor Brown –: lo sapevo che i bambini non potevano aver fatto una cosa così cattiva».

Capitolo VIII

Tutti i bambini hanno delle zie e la maggior parte di loro ha almeno una zia o una prozia spaventosa. I bambini della famiglia Brown avevano questa prozia veramente spaventosa, la prozia Adelaide Stitch.

La prozia Adelaide Stitch era una vecchietta terribile, scheletrica, alta e con uno sguardo furibondo come quello di un rinoceronte. Anche il suo naso somigliava a quello di un rinoceronte; intendo dire come il corno di un rinoceronte, solo che il suo naso piegava verso il basso, e non verso l'alto come un corno. Conosceva perfettamente il catechismo a memoria, ed era solita far stare i bambini in piedi di fronte a lei – ovviamente con indosso i loro abiti migliori – e recitarlo. Solo che, fortunatamente, i bambini erano così tanti che non riusciva ad arrivare oltre la domanda: «Qual è il vostro nome?», perché ora che aveva finito con Arabella, Clarissa, Sarah, Joanna, Timothy, Daniel, il bebè, il lattante, Zucchero e Spezia, si era ormai stancata e rinunciava a porre loro la domanda seguente: «Chi vi ha dato i vostri nomi?».

Per qualche motivo, il signor Brown era piuttosto ansioso riguardo all'incontro di quel pomeriggio. «Spero che i bambini si comportino bene», disse.

«Naturalmente», disse la signora Brown.

«Che cosa te lo fa pensare?», disse il signor Brown, piuttosto scoraggiato. Di solito era assai allegro, ma talvolta si preoccupava che zia Adelaide Stitch si rimangiasse la promessa di lasciar loro tutti i suoi averi; perché con così tanti bambini, e così tante persone necessarie per prendersi cura di loro, e una casa così grande da mantenere, le spese erano veramente ingenti. «Non vorrei che i bambini la offendessero – disse – mentre lei, sotto sotto, è così gentile».

«Oh, sono sicura che non la offenderanno», disse la signora Brown.

«Beh, ti ricordi dell'ultima volta? – disse il signor Brown –. Quando legarono delle funi alla sua carrozza, così che quando cominciò ad andarsene, salutandoci con la mano dal finestrino, la carrozza cominciò ad andare all'indietro, attraverso il prato? Dovemmo fingere che c'era qualcosa che non andava con i cavalli, dopo di che lei dovette spendere centinaia di sterline per mandare i cavalli dal veterinario a imparare ancora ad andare in avanti, e non poté permettersi di farci dei regali per Natale...», il che, dovette ammettere, i bambini se lo erano proprio meritato.

«Saranno buoni stavolta – disse la signora Brown –. Tata Matilda ha fatto loro promettere che faranno esattamente quello che viene detto loro di fare».

Su nella sala, Ellen stava avendo grandi difficoltà perché i bambini stavano facendo esattamente quello che veniva detto loro di fare, e questo per tutta la durata del pranzo. Quando diceva: «Finite i vostri piatti», i bambini cercavano, per l'appunto, di mordere i piatti; e quando diceva: «Passate le patate», i bambini passavano le patate ma non il piatto in cui le patate si trovavano; e quando diceva: «Passate il piatto del burro», i bambini passavano il piatto ma non il burro. Disperata, ma contenta che ormai il pranzo fosse alla fine, se ne andò, ricordando ai bambini di mettere i vestiti migliori.

«*A chi* dobbiamo metterli?», disse Simon, quando se ne fu andata.

«O *su che cosa* dobbiamo metterli?», disse Susie.

«Nessuno ci ha detto questo – disse Christianna, pensierosa –. Ellen ha solo detto: "Mettete i vestiti migliori"».

«Io metterò i miei sul tavolo dell'anticamera – disse Jaci –. Sarà un bel benvenuto per zia Adelaide».

«Io metterò i miei sul pianoforte – disse Helen –. Le sue gambe rotonde staranno benissimo con indosso le mie mutande bianche di pizzo».

«Io metterò i miei su Zucchero», disse Caro, ispirato.

«*Io metteò i mei su Pezia*», disse il bebé, prima che qualcun altro gli rubasse l'idea.

«Io metterò i miei su Modestine», disse Susie. Modestine era la loro asina, terribilmente scontrosa.

«Io metterò i miei su zia Zampona», disse Christianna. Zia Zampona era, naturalmente, la vecchia scrofa.

«Io metterò i miei su Billy la capra», disse Simon.

«Io su Nanny», disse Francesca...

«Noi metteremo i nostri sulle galline», dissero i più piccoli, felici. Ma fu Tora a vincere.

«Io metterò i miei a Evangeline», disse.

«Che confusione stanno facendo gli animali oggi pomeriggio», si dissero l'un l'altro il signore e la signora Brown mentre aspettavano l'arrivo di zia Adelaide.

Il veterinario aveva evidentemente avuto successo con i cavalli di zia Adelaide, perché si muovevano nella giusta direzione e giunsero senza incidenti fino agli scalini della porta principale. Lei salì con grande maestosità, fermandosi solo per piegarsi su una carrozzina che se ne stava al sole fuori della porta principale.

«Caro piccolo bimbo! Cresce meravigliosamente», disse la prozia Adelaide dando un buffetto all'occupante della carrozzina sotto il suo mento a punta.

«Coccodè! Coccodè!», disse l'occupante della carrozzina, dal profondo dei bianchi ricami inamidati. Ma, dopo tutto, questo è più o meno quello che dice la maggior parte degli occupanti delle carrozzine, e il signore e la signora Brown non si curarono di guardare sotto la cuffietta.

Fu piuttosto sorprendente vedere un mucchietto di abitini bianchi accuratamente piegati sul tavolo dell'anticamera; e vedere che ognuna delle gambe ben tornite del pianoforte sembrava indossare un pizzo di bianchi ricami inamidati. Ma gli occhi di zia Adelaide non erano più quelli di un tempo – stava anche diventando dura d'orecchi – e la cosa non le parve per niente strana. Inoltre, era giunta carica di progetti che ora si accingeva a rivelare al signore e alla signora Brown. Ci aveva pensato a lungo, disse, ed era giunta alla conclusione che il signore e la signora Brown avevano troppi bambini...

«Oh, no!», gridò la signora Brown.

...e aveva deciso di prenderne uno con sé; una graziosa, tranquilla e beneducata *bambbiiiina* (zia Adelaide si esprimeva così) che vivesse con lei; così almeno ne avrebbero avuto una in meno a cui badare.

La povera signora Brown era inorridita. Dare via una delle sue carissime bambine per mandarla a stare con zia Adelaide!

«Ma, zia...».

«Non se ne parla – disse zia Adelaide, sollevando la grande mano incallita –. Insisto. Anche perché ne trarrete gran beneficio!». E iniziò a sciorinare l'elenco dei vantaggi che la fortunata avrebbe ottenuto: «Una serie di stanze tutte per sé, decorate in color cioccolato; un nuovo guardaroba di vestiti in tinte non sporchevoli; un cane carlino; un canarino; una scrivania; un cestino da lavoro; lezioni private di dizione, portamento, francese, tedesco, italiano e, soprattutto, pianoforte».

«Oh, ma nessuna di loro le sopporterebbe!», singhiozzò la signora Brown.

«Cosa ha detto?», domandò zia Adelaide stupita.

«Intende dire che non potrebbe sopportare – si affrettò a dire il signor Brown – di dividersi da una delle sue bambine».

«Oh, che insensatezza! – disse zia Adelaide –. Una tra le tante? Non ve ne accorgerete nemmeno».

«Zia Adelaide, forse... forse scopriresti che non va bene per te...».

I piccoli occhi da rinoceronte di Zia Adelaide cominciarono a diventare rossi per l'ira.

«Forse potrei scoprire che non andrebbe bene per me lasciarvi tutti i miei averi quando morirò», disse arcigna. E batté un colpo sul tappeto del salotto con il suo parasole (proprio come Tata Matilda, solo che in questo caso non successe nulla di straordinario).

«Ora faremo una passeggiata nella vostra proprietà e osserveremo le vostre varie figliole nel – diciamo così – loro ambiente naturale; e sceglieremo quella che riterrò più adatta. Poi prenderemo il tè; tè di Cina, mi raccomando, con qualche fetta di pane scuro imburrato. E quando sarò pronta per partire, la bambina prescelta dovrà essere già in carrozza ad aspettarmi, con una piccola valigia di vestiti per la notte. Altrimenti – disse zia Adelaide – sarò obbligata a riconsiderare il mio testamento».

Uscì con i suoi piccoli occhi da rinoceronte lucenti e con il suo grosso naso da rinoceronte puntato e determinato, scese la scalinata e si avviò verso il giardino. Il signore e la signora Brown la seguirono senza sapere cosa fare.

I bambini, nel frattempo, avevano combattuto duramente per disporre al meglio i loro abiti migliori. Il tavolo dell'anticamera e le gambe del pianoforte erano stati un lavoro facile; ma i cagnolini e gli animali della fattoria si dimostrarono un po' più difficili.

A quei tempi, i vestiti dei bambini erano rigidi e inamidati e pieni di pizzi, e i vestiti migliori solitamente erano bianchi. I bambini vestivano abiti bianchi da marinaio con cappellini da marinaio e sciarpe di seta nera, e un fischietto appeso a una cordicella attorno al collo. Le bambine indossavano abiti bianchi ricamati, pieni di pizzi, e diverse sottovesti, anch'esse piene di pizzi; e sotto alle sottovesti bianche di pizzo, mutande bianche di pizzo. E infine portavano dei rotondi cappellini bianchi pieni di pizzi. Devo ammettere che le poverine sembravano veramente orribili.

E tutto era inamidato: così inamidato che quando ritornavano dalla lavanderia i vestiti erano tutti appiccicati, e quando si infilava un braccio nella manica o una gamba nel pantalone facevano un rumore come se si stessero strappando.

Zucchero e Spezia avevano tutto sommato sopportato di buon grado la vestizione, e ora stavano giocando allegramente nel prato. Il signore e la signora Brown li videro per primi e trattennero il fiato. Zia Adelaide li guardò attentamente dall'altro lato del prato con i suoi occhi miopi.

«Una bella coppia – dichiarò infine –. Ma li avete lasciati al sole troppo a lungo. Che membra scure hanno, con quei vestiti così bianchi! E... è forse un pezzo di carne cruda quello con cui i bambini stanno giocando?».

Il signore e la signora Brown, balbettando, dissero che non credevano si trattasse di carne cruda – anche se di fatto lo era – e invitarono zia Adelaide a proseguire. Ma, alle sue spalle, i loro sguardi disperati sembravano dire: «Che cosa mai stanno combinando i bambini?».

I bambini avevano vestito zia Zampona con fatica, e sebbene non fossero riusciti ad allacciare tutti i bottoni sulla schiena, il vestito le stava molto bene, mentre se ne stava con le zampe anteriori appoggiate alla staccionata della porcilaia, guardandosi intorno e grugnendo felice sotto la falda del suo morbido, bianco cappello rotondo pieno di ricami.

Ma Nanny e Billy, le capre, erano state un problema, come sempre succede con le capre. Billy era riuscita a indossare i pantaloni di Simon senza problemi, e così anche per la bianca giubba squadrata da marinaio, ma Nanny, con lo stretto vestito di Francesca addosso, aveva immediatamente mangiato la sciarpa di seta nera dell'altra e poi la corda del fischietto; e per errore aveva inghiottito anche il fischietto, ed ora ogni volta che respirava faceva *Fiiiiiiiiiii!*

Ma peggio di tutti era Modestine. Era davvero un'asina terribilmente scontrosa e non badava a nulla fuorché alle carote; e certo i vestiti di Susie le andavano piccoli, e i bambini avevano dovuto aggiungere vestiti su vestiti dei loro per coprirla interamente, e ora Modestine si sentiva veramente scomoda.

Gli animali più piccoli apparvero a zia Adelaide mentre si muovevano in esplorazione per il prato, saltellando goffamente in ordine sparso, inciampando nei loro abiti bianchi e chiacchierando tra di loro con una straordinaria miscela di sibili, coccodè, belati e grugniti.

«Dovreste assumere subito un insegnante di dizione – disse la zia al signore e alla signora Brown –. La loro pronuncia è disastrosa». Ma, in ogni caso, erano troppo piccoli per lei. «Dove sono le *bambbiiiine* più grandi?», domandò zia Adelaide, cominciando a diventare sospettosa del fatto che non venissero fatte sfilare davanti a lei per la scelta. Ma, immediatamente, ne scorse una, in piedi, tranquilla e beneducata; proprio il genere di bambina che amava. «Andiamo là e parliamo con lei», disse zia Adelaide indicando con il parasole il punto in cui zia Zampona se ne stava al sole, orgogliosa e compiaciuta, nel suo bianco vestito ricamato, con i suoi piccoli zoccoli rosa appoggiati contro la parete della porcilaia.

«Oh poveri noi!». Il signore e la signora Brown si guardarono l'un l'altra disperati: non sapevano che scusa inventare. E fu allora che, avendo scorto una sagoma di un nero scolorito tra i cespugli al margine degli arbusti, un cappellino nero ricoperto di giaietto, ebbero un'ispirazione.

«Oh, non penso che andrà bene per te, zia Adelaide», disse il signor Brown, sicuro di sé.

«Perché no?», chiese zia Adelaide.

«Perché russa», disse il signor Brown senza un attimo d'esitazione.

«Oh, non importa. Avrà la sua serie di stanze. Di notte non la sentirò».

«Ma russa anche di giorno», disse la signora Brown, ispirata come il signor Brown. Di sicuro degli strani rumori stavano giungendo da sotto il morbido cappello bianco.

«Oh, beh, allora è diverso», disse zia Adelaide, riluttante. Si fermò sui suoi passi e si mise a guardarsi intorno, annusando l'aria come un cane da ferma alla ricerca della prossima preda. «Cos'è questo fischio curioso che sento?».

Il fischio era la capra Nanny, che ora apparve correndo al galoppo da dietro l'angolo delle stalle; il suo aspetto era indubbiamente strano, bisogna ammetterlo, con il cappello di pizzo infilato su un corno e le mutande che le scendevano. E proprio quando i signori Brown stavano pregando che continuasse a correre, Nanny fece esattamente quello che fanno sempre le capre, ovvero quello che vorreste non facessero: si fermò improvvisamente con le quattro zampe raccolte proprio in faccia alla prozia Adelaide, fissandola coscienziosamente in volto. «E tu che *bambbiiiina* sei?», disse zia Adelaide, evidentemente piuttosto commossa da questo comportamento lusinghiero.

«*Fiiiiiiiiiiiiii!*», fece la capra Nanny.

«Asma bronchiale – disse il signor Brown in tutta fretta –. Non vorrai certo...».

«Chiamerò i migliori dottori», disse zia Adelaide. Diede a Nanny un colpetto con il parasole. «Su con la schiena, mia cara, e rispondi come si deve quando ti si parla».

Solitamente, la capra Nanny, a un cenno simile, se ne sarebbe andata di corsa giù per il prato; ma naturalmente doveva fare come sempre la cosa sbagliata, e con grande disappunto dei coniugi Brown si alzò sulle gambe posteriori, come richiesto, e rimase, come prima, a guardare coscienziosamente in volto l'anziana signora. I Brown erano paralizzati, e pregarono di udire ancora il magico tintinnare del giaietto.

Zia Adelaide rimase per un terribile momento a guardare la capra Nanny. Poi le diede un altro colpetto con il parasole e stavolta Nanny raccolse il suggerimento.

«Povera bambina», disse zia Adelaide guardandola mentre scappava, inciampando nelle mutande che scendevano a ogni ostacolo. E tremò al ricordo di ciò che aveva visto: «Che tristezza, miei cari! Quella barbetta...», disse, scuotendo il capo.

«Chi è quella persona?», chiese poi zia Adelaide, puntando improvvisamente il suo parasole.

«Quale persona?», chiesero il signore e la signora Brown. Non riuscivano a vedere nessuno.

«Una donna male in arnese, laggiù, vestita di nero scolorito, con giaietto sul cappello e un naso come due patate».

«Chi mai potrà essere? – chiese il signor Brown –. Aveva forse un dente sporgente?».

«Sì, un dente – disse zia Adelaide –. E un grosso bastone nero».

«Oh, allora dev'essere Tata Matilda – disse la signora Brown –. È tornata molto presto dal suo giorno libero!». Ma per quanto si guardasse intorno, non riusciva a scorgere Tata Matilda, e nemmeno ci riusciva il signor Brown. «Forse – disse – ha fatto il giro dietro le stalle».

Da dietro le stalle giunse un terribile: «*Iii-oooooooo! Iii-ooooooo! Iii-ooooooo!*».

I bambini erano finalmente riusciti a vestire Modestine, ma dovettero ammettere che l'aspetto finale era davvero curioso. C'erano voluti gli abiti migliori di tre delle bambine per coprirla, ma anche così la coda sporgeva da dietro. Inoltre, aveva un cappello su ogni orecchio e se solo avesse tenuto chiusa la bocca, se la sarebbe cavata molto bene. Ma non lo fece. Non più in grado di scalciare, poiché le zampe erano rinchiuse strette strette in una sottoveste, continuava a ragliare terribilmente; e ora era riuscita a scappare e sapevano che nel giro di mezzo minuto avrebbe fatto il giro delle stalle e sarebbe apparsa nel prato di fronte a mamma, papà e alla prozia Adelaide; e benché non fossero a conoscenza del fatto che zia Adelaide voleva portarsi via una di loro, sapevano che voleva lasciare tutti i suoi averi a mamma e papà quando sarebbe morta, e che non lo avrebbe fatto se si fosse arrabbiata. E una gallina, due bassotti, alcune oche, un maiale e una capra, tutti vestiti di pizzo bianco inamidato, finora non erano riusciti a farla arrabbiare; ma erano certi che Modestine e il suo terribile raglio erano davvero troppo. «Oh poveri noi – dissero –; se solo Tata Matilda fosse qui!».

E improvvisamente, eccola lì! Vestito nero, cappello di giaietto, naso, dente, bastone e tutto il resto.

«Perché? Che cosa credete che io possa fare per voi, bambini cattivi?», disse Tata Matilda, mordendosi il labbro e apparendo davvero intransigente.

«Potreste battere con il vostro bastone...», suggerirono i bambini, che si erano aggrappati a Modestine facendo ogni sforzo possibile.

«Ciò di solito non fa che peggiorare le cose – disse Tata Matilda –, non è vero?».

«Sì, è vero», dissero i bambini, e guardarono tristi Tata Matilda. E la guardarono meglio: non poteva essere che Tata Matilda si stesse mordendo il labbro per evitare di ridere?

«Bene, vediamo cosa posso fare», disse Tata Matilda. E aggiunse: «Ma sappiate che non lo faccio per voi, discolacci! Lo faccio per il vostro papà e per la vostra mamma». E batté col suo grosso bastone nero sul pavimento della stalla.

Ma era troppo tardi! In quel momento Modestine si liberò dalle mani che la afferravano e balzò dietro l'angolo della stalla, con i morbidi cappelli, i vestiti inamidati, le sottovesti di pizzo e tutto il resto, e ragliando come una pazza si precipitò attraverso il prato con i bambini che la rincorrevano, giungendo proprio di fronte alla prozia Adelaide. La zia si voltò verso il signore e la signora Brown con un'espressione di orrore furibondo, il parasole alzato nella mano guantata, la vera immagine della rovina...

E in quel momento, il bastone nero di Tata Matilda colpì nuovamente il pavimento della stalla; e zia Adelaide abbassò il parasole, e con grande sorpresa del signore e della signora Brown, sui suoi lineamenti infuriati si distese un ampio sorriso estatico e quasi idiota.

«Oh, ma che bel gioco!», gridò zia Adelaide, mentre Modestine sbandava bruscamente e se ne andava galoppando per il prato, i bambini freneticamente alla sua caccia. «Che *bambbiiiina* affascinante! Guardate come gioca con grazia con i bimbi e le bimbe del villaggio, per quanto siano rozzi e malvestiti! Udite la sua risata gioiosa!» («*Iii-ooooooo! Iii-ooooooo!*», fece Modestine). «Guardate: ora li schiva nascondendosi dietro un cespuglio! Ora si volta e finge di rincorrerli: guardate come fuggono da lei!», e chiuse la sua mano callosa in un'estasi di delizia, per poi voltarsi verso il signore e la signora Brown: «Quella è la *bambbiiiina* per me! Non ho mai visto un tale spirito, una tale spensieratezza da molto tempo ormai. Sarà una gioia averla con noi a Casa Stitch». E battendo le mani, chiamò con voce argentina: «Vieni qui, mia cara, vieni da me!».

«*Iii-ooooooo! Iii-ooooooo!*», fece Modestine, galoppando inferocita dietro ai bambini e mordendoli dietro i polpacci.

«Non mi sente. Vieni qui, mia cara!», chiamò zia Adelaide, suadente. «Qual è il suo nome?», chiese alla signora Brown.

«Il suo... il suo nome è Modestine», disse la signora Brown.

«Vieni, Modestine!», chiamò zia Adelaide.

«Ma temo che sia proprio... un'asina», disse il signor Brown.

«Oh, sciocchezze – tagliò corto zia Adelaide –. Solo perché la *bambbiiiina* indugia in un gioco infantile, non è il caso di chiamarla così». Ma intanto cominciava a seccarsi ella stessa di quel gioco infantile. «Portatela qui», disse imperiosa.

«Ma zia Adelaide...», cominciò il signor Brown.

«Ma zia Adelaide...», gridò la signora Brown.

«Non si discute. Se – disse zia Adelaide – quando avrò terminato il mio tè, Modestine non sarà nella mia carrozza, con la valigia preparata e pronta per partire, non vi lascerò nemmeno un penny». E aggiunse: «Ecco di nuovo quella persona».

E stavolta la videro anche loro, Tata Matilda, mentre camminava sul prato dirigendosi verso di loro, con il cappello e la giacca nera scolorita, come se fosse appena tornata dal suo giorno libero.

«Buonasera, signora», disse, facendo un piccolo inchino in direzione di zia Adelaide; e disse alla signora Brown: «Sono tornata in questo momento dal mio giorno libero. C'è qualcosa che posso fare per voi?».

«Sto portando Modestine a casa con me», disse zia Adelaide senza consentire alla signora Brown di replicare. «Desidero che sia pronta – valigia preparata e tutto quanto – nella mia carrozza tra un quarto d'ora a partire da adesso».

«Molto bene, signora», disse Tata Matilda; fece di nuovo un piccolo inchino e se ne andò via tranquillamente. Zia Adelaide si voltò e si affrettò verso la porta principale.

Una grande quiete era scesa sulla casa e sul giardino. Frastornata e preoccupata, non sapendo ciò che sarebbe successo, la signora Brown servì il tè di Cina alla prozia Adelaide e le porse il pane scuro imburrato. Zia Adelaide mangiò molto poco. Era troppo eccitata e contenta di esporre al signore e alla signora Brown i suoi progetti per il futuro di Modestine: «Una serie di stanze, miei cari, decorate in color cioccolato; un nuovo guardaroba di vestiti scuri, così che non si veda lo sporco; un cane carlino; un canarino; una scrivania; un cestino da lavoro; lezioni private di dizione, portamento, francese, tedesco, italiano e, soprattutto, pianoforte...».

«E quando sarà cresciuta – concluse zia Adelaide – sceglierò un giovane adatto per il matrimonio – ("Sarà un somaro!", disse il signor Brown sottovoce, giocando con le parole e cercando di tirarsi su il morale) –. Conosco un giovane, Adolphus Haversack, nipote di un mio vecchio amico. Non dovete temere per la vostra eredità, miei cari», aggiunse zia Adelaide, vedendo le loro facce ansiose, che, d'altra parte, erano ansiose per tutt'altro motivo, ovvero: come avrebbero fatto a far entrare Modestine nella carrozza? «Le troverò un marito ricco, cosicché non avrà bisogno dei miei soldi. L'eredità sarà tutta vostra, per la gioia che mi avete dato nel consentirmi di portare a casa questa vostra *bambbiiiina*». E così dicendo guardò fuori dalla finestra e disse: «Ah, eccola lì! Pronta e in attesa».

Ed eccola lì, pronta e in attesa: seduta nella carrozza, senza ragliare affatto, semplicemente seduta e tranquilla, con gli occhi timidamente rivolti verso il grembo. Tata Matilda stava rispettosa al suo fianco, con in mano la piccola valigia di vestiti per la notte.

Il signore e la signora Brown se ne stavano disperati sulla scala di casa mentre la prozia Adelaide saliva in carrozza; guardarono sospettosi Tata Matilda pieni di costernazione: era questa la maniera di aiutarli? Invece di far salire Modestine sulla carrozza, aveva veramente dato via una delle loro care bambine? Cercarono di guardare sotto il morbido cappello bianco, ma Modestine teneva il capo chino, probabilmente nascondendo una lacrima, nonostante tutte le promesse di stanze color cioccolato e lezioni di pianoforte. Ed ecco che – orrore degli orrori! – dalle stalle lontane giunse un suono che sicuramente era un *Iii-ooooooo! Iii-oooooo!* «Zia Adelaide!», gridò la signora Brown, non resistendo più alla tensione... ma era troppo tardi! *Clip clop, clip clop,* fecero gli zoccoli dei cavalli; e la carrozza aveva già girato l'angolo della strada ed era ormai fuori della loro visuale.

«Tata Matilda – gridarono terrorizzati il signore e la signora Brown – quale delle bambine...?».

«Ed ora, Modestine – stava dicendo zia Adelaide nella carrozza –, alza lo sguardo e sorridi. Sono sicura che sarai felice».

«Oh, sono certa che lo sarò – disse Modestine, levando lo sguardo con un grande sorriso –. Solo che...».

«Una serie di stanze tutte tue, Modestine, decorate in color cioccolato...».

«Oh, grazie, che bello! – disse Modestine –. Solo che...».

«Un nuovo guardaroba di vestiti scuri, così che non si veda lo sporco...».

«Oh, grazie – disse Modestine –. Solo che...».

«E un cane carlino; e un canarino; e una scrivania; e un cestino da lavoro...».

«È bellissimo – disse Modestine –. Solo che...».

«E lezioni private di dizione, portamento, francese, tedesco, italiano e, soprattutto, pianoforte...».

«Oh, grazie, signora – disse rispettosamente Modestine –. Solo che...».

«Puoi chiamarmi prozia Adelaide», disse cortesemente la prozia Adelaide. E aggiunse: «Solo... che cosa?».

«Solo che il mio nome è leggermente diverso, prozia Adelaide: io non sono Modestine, io sono Evangeline».

E così tutti furono contenti. La prozia Adelaide era contenta perché aveva presso di sé una delle figlie del signore e della signora Brown (o almeno, così pensava). Evangeline era contenta perché avrebbe avuto le stanze decorate in color cioccolato, dei nuovi vestiti meravigliosi, il cane carlino, il canarino, la scrivania, il cestino da lavoro e tutte quelle lezioni private. La signora Brown era contenta perché anche se la zia Adelaide aveva avuto una delle sue bambine ed era contenta, in realtà non ne aveva avuta nessuna, ed era contenta lo stesso. Il signor Brown era molto, molto contento perché lui e la sua famiglia avrebbero comunque avuto l'eredità della prozia Adelaide quando sarebbe morta; la qual cosa, ad ogni modo, lui si augurava sinceramente che non sarebbe accaduta per molti anni, e infatti fu così, perché la prozia Adelaide visse abbastanza a lungo da vedere Evangeline, meravigliosa e piena di talento, sposare proprio quell'Adolphus Haversack di cui lei aveva parlato al signore e alla signora Brown. E il personale era contento per Evangeline che, per quanto maltrattata, era sempre stata buona come un pezzo di pane; e presto ebbero un'altra sguattera da maltrattare.

Venne la notte, e con essa l'ora di andare a dormire: e la signora Brown guardò con Tata Matilda nella camera dei bambini.

«Ma i bambini non stanno dormendo?», chiese la signora Brown.

«Sì, stanno dormendo», disse Tata Matilda.

«Ma non sono nei loro letti?», chiese la signora Brown.

«Sono nei letti che si sono scelti», disse Tata Matilda; sorrise tra sé e disse sottovoce: «La lezione numero sei è quasi finita. Sta per iniziare la lezione numero sette».

Capitolo IX

Dove dormì Modestine – la vera Modestine – quella notte, non lo so; ma senza dubbio Tata Matilda, in qualche maniera misteriosa, fece sì che dormisse in modo confortevole, confortevole quanto zia Zampona e le capre Nanny e Billy, Zucchero e Spezia e gli agnelli, le oche e le galline.

Vi posso invece dire io dove dormirono i bambini, perché Susie dormì nella stalla, Caro e il bebè nel cestino dei cani, Francesca e Simon nel recinto delle capre, e alcuni dei bambini dormirono tra le oche, altri con gli agnelli, e i più piccoli crollarono il capo sui trespoli del pollaio… La povera Christianna era quella che stava peggio di tutti, ma dopotutto nessuno le aveva chiesto di cambiare i suoi vestiti con quelli di zia Zampona, non è vero?

E nessuno aveva chiesto agli altri bambini di cambiarli con Modestine e i cani e le capre e le oche e le galline.

Ma lo avevano fatto: e questo era il resto della lezione numero sei. Suppongo che fossero molto scomodi i bambini, quella notte, perché presto cominciarono a sognare. O perlomeno era una specie di sogno, perché non furono mai in grado di capire se si trattava di un sogno o della realtà. Sognarono che alla fine – molto presto al mattino, prima che il sole si levasse – erano già svegli e si incontravano sotto il grande faggio sul prato e dicevano: «Questo è troppo. Fuggiamo via!». E che improvvisamente, prima ancora di capire cosa stesse succedendo, avevano iniziato a correre.

Non riuscivano a fermarsi.

La casa era molto tranquilla. Mentre cominciarono a correre, solcando il prato verso il vialetto e il cancello principale, le finestre sembravano guardarli con severità e disapprovazione; quelle stesse alte finestre del primo piano dalle quali, tanto tempo fa, avevano fatto le boccacce per spaventare la nuova tata e le nuove bambinaie e la nuova istitutrice, e la povera e magra donna di servizio. Desideravano che la casa non fosse così contrariata con loro, mentre se ne stava lì, accigliata e silenziosa, nella prima debole luce dell'alba, come se fosse furiosa con loro perché se ne volevano andare. Ma, in realtà, essi non volevano andare via. Se n'erano andati via abbastanza in passato, senza importarsene un bel niente di ciò che la vecchia casa pensava, senza nemmeno prendere in considerazione l'idea che potesse sentirsi ferita o insultata, a essere abbandonata in quel modo; ma stavolta non era colpa loro, loro non volevano andarsene.

E, ciò che è peggio, decisero, improvvisamente, che non se ne sarebbero andati, che sarebbero corsi indietro, avrebbero salito le scale, sarebbero entrati dalla porta principale, e su fino ai loro caldi letti per non fuggire mai più...

Non potevano fermarsi, ma riuscirono a invertire la direzione e salirono il vialetto e le scale e si misero a spingere la grande porta principale.

Ma la porta non si apriva.

La porta, la loro vecchia, cara, amichevole porta principale, non li lasciava entrare. E loro non potevano stare fermi, dovevano continuare a correre. Scesero di nuovo correndo le scale e giù per il viale e, mentre correvano, pensavano: «Forse anche il cancello non si aprirà, e noi non potremo fuggire. Saremo al sicuro. Correremo intorno per il giardino fino a quando i grandi non si sveglieranno e non scenderanno a fermarci...».

Ma proprio come la porta d'ingresso non volle aprirsi, il cancello non volle chiudersi. Non appena si avvicinarono, esso si aprì lentamente, e – non potevano farci niente, non riuscivano a fermarsi – corsero fuori, nelle strade del villaggio. E ora stavano veramente fuggendo e non c'era nient'altro da fare che continuare a correre.

Corsero e corsero. I più grandi correvano per primi, i piccoli dopo di loro e i più piccoli dietro ancora; e dietro a tutti gli altri, il povero bebè, zampettando sulle sue piccole gambe curve, deciso a non farsi lasciare indietro. E tutt'intorno il villaggio dormiva, le care porte dei negozietti chiuse, le persiane delle finestre chiuse che non li degnavano di un'occhiata mentre passavano. Giunsero alla stazione di polizia e sembrò loro di vedere l'ombra del poliziotto Figgs alle persiane (perché sappiamo che le forze dell'ordine sono sempre all'erta), e chiamarono: «Poliziotto Figgs, per favore, venite fuori e fermateci!», ma non successe nulla; allora chiamarono ancora più forte: «Venite e fermateci, arrestateci, abbiamo mangiato Barilotto Verdura!». Se fossero stati arrestati, pensavano, e gettati in prigione, avrebbero dovuto smettere di correre; e presto i loro genitori sarebbero venuti e avrebbero pagato la cauzione.

Ma proprio mentre sembrava che l'ombra del poliziotto Figgs alle persiane cominciasse a girarsi, come se avesse sentito qualcosa e si apprestasse a entrare in azione, una finestra si spalancò e apparve la grassa faccia rotonda di Barilotto Verdura che gridò: «No, non mi hanno mangiato! Non ero una dieta bilanciata!», e la finestra si richiuse di nuovo, e l'ombra dietro le persiane non si mosse più, e i bambini continuarono a correre.

Correvano e correvano, e mentre correvano i loro piedi cominciarono a fare *cic ciac* negli stivali: e guardarono giù, e improvvisamente sembrò loro, in questo strano sogno a metà, di avere indosso stivali di gomma, e che gli stivali fossero pieni di melassa. Allora cercarono di levarsi gli stivali mentre correvano, ma non c'era niente da fare, perché sotto gli stivali indossavano spessi calzini di lana grigia, e i calzini erano stati intinti nel porridge, e la miscela di porridge e melassa era semplicemente disgustosa. E avevano indosso i loro vestiti migliori, i bambini in abito bianco da marinaio con cappellino rotondo da marinaio, e le bambine in abito bianco ricamato e cappellino bianco rotondo pieno di pizzi. E l'amido pungeva e faceva prurito mentre correvano, e non riuscivano a capire dove stessero andando. Ma non importava, perché dovevano comunque continuare a correre. E sotto ai cappelli da marinaio e ai bianchi cappelli rotondi, i loro volti erano coperti di grandi pustole rotonde dipinte; e mentre correvano facevano le boccacce. Zucchero e Spezia correvano dietro di loro, giocherelloni, vestiti con grembiuli marroni di tela d'Olanda e grigi cappelli rotondi di feltro. E il bebè, con il pannolino che scendeva come al solito, lottava al suo meglio per tenere il passo.

Uscirono dal villaggio e si inoltrarono nella campagna. Il sole non era ancora sorto e nelle stradine deserte e piene di fiori era grigio e freddo. "Correremo per sempre", pensavano. "Non ci sarà nessuno qui a fermarci". Ma proprio in quel momento fecero una curva e lì, di fronte a loro, c'era – incredibile a dirsi! – una carrozza a quattro ruote.

«Aiuto, aiuto! – gridarono i bambini. – Fermateci! Fermateci!».

«Sì, sì», gridò una voce da dentro la carrozza, e una piccola figura magra saltò fuori e venne di corsa incontro a loro.

Un aiuto, finalmente!

La piccola figura magra corse verso di loro e loro videro che era una donna di servizio; si capiva che era una donna di servizio dal fatto che era incredibilmente magra. E se qualcuno poteva salvarli, questa era lei. Le piccole e magre donne di servizio erano maltrattate dalle tate e dalle istitutrici e dalle bambinaie impettite esattamente come le sguattere erano maltrattate dal resto del personale; ma i bambini erano sempre stati amici delle donne di servizio.

«Oh, Sukey, Maria, Matilda, Mary Ann – gridarono i bambini, passando in rassegna tutta la serie delle loro vecchie donne di servizio –, Maggie, Mary Ann (ancora), Jemina, Jane: salvateci, aiutateci, vogliamo smettere di correre via...!», e protesero in fuori le mani in cerca di aiuto.

La piccola e magra donna di servizio si fermò; spalancò gli occhi; diede uno strillo di spavento; si voltò e corse indietro alla carrozza tanto veloce quanto glielo consentivano le sue magre gambe. Otto braccia spuntarono fuori come una piovra e l'afferrarono.

«Sono rabbiosi! – gridò la piccola e magra donna di servizio –. Stanno facendo le boccacce! Sono rabbiosi, e se ci mordono diventeremo rabbiosi anche noi!».

Cinque visi allarmati scrutarono dal finestrino posteriore mentre la carrozza si allontanava velocemente al galoppo. Sospirando dalla tristezza, i bambini continuarono a correre, e facevano le boccacce mentre correvano.

Giunse l'alba, e loro continuavano a correre. Justin aveva entrambe le gambe in un pantalone, poverino, e saltava come un usignolo. Tora aveva venduto tutte le sue gambe e le sue braccia e il bebè se ne andava barcollando tra gli altri bambini mentre questi procedevano speditamente, tendendo il vasino e chiamando: «*Fate la tarità*», nella speranza di raccogliere denaro sufficiente per ricomprarle. E tutti cominciavano ad avere delle fitte al fianco, e mentre correvano gridavano: «Ahi, che fitta!».

Quand'ecco che, dietro una curva, apparve la prozia Adelaide Stitch. Aveva da un lato Evangeline, vestita elegantemente in abiti scuri che non mostrassero lo sporco, e dall'altro un giovane alto con grandi occhi castani, con indosso un abito aderente a scacchi e una bombetta delle più costose.

«Questo è Adolphus Haversack – disse zia Adelaide –, il promesso sposo della cara Evangeline».

«Oh, Adolphus Haversack – gridarono i bambini, cercando di controllare la loro corsa ma pur sempre costretti a muoversi avanti e indietro sul posto –, per favore, salvaci!».

«Se c'è qualcuno che può farlo – disse zia Adelaide – non può che essere Adolphus. Lui è straordinariamente ricco».

Adolphus Haversack si levò la bombetta e si inchinò profondamente. «Farò qualsiasi cosa Evangeline ordini», disse con voce d'argento: ogni cosa in Adolphus Haversack era costosa, persino la voce. «Qualsiasi cosa Evangeline ordini, io la farò».

«Evangeline – gridò la prozia Adelaide Stitch imperiosa –, ordinaglielo!».

«*Iii-ooooooo!*», disse Evangeline.

«*Iii-ooooooo?*», disse Adolphus Haversack, sbigottito e sorpreso.

«*Iii-ooooooo!*», disse Evangeline.

«Suvvia, Evangeline – disse zia Adelaide –, non fare la somarella, mia cara. Esprimiti in maniera appropriata».

«*Iii-ooooooo!*», disse Evangeline.

I bambini, segnando il tempo con i piedi, si agitavano avanti e indietro e guardavano imploranti Evangeline. Il povero Justin stava ancora saltando. Tora aveva ricomprato una gamba ed entrambe le braccia, grazie agli sforzi del bebè, e sebbene in un modo un po' sbilenco, riusciva a muoversi.

«Evangeline – implorarono –, per favore, ordinaglielo!».

Evangeline scosse il capo e scrollò le orecchie. «Evangeline – insistettero i bambini –, se solo glielo chiedi...».

«...ti daranno...», disse zia Adelaide.

«...un cane carlino», gridarono i bambini, mentre andavano su e giù ansiosi.

«E un canarino», disse zia Adelaide.

«...sì, e una scrivania...».

«...e un cestino da lavoro».

«Oh, sì, un cestino da lavoro. E lezioni private di...».

«...dizione...», disse zia Adelaide.

«...e portamento...».

«...e francese, tedesco e italiano...».

«...e soprattutto...», promisero i bambini...

«...lezioni di pianoforte», concluse trionfante zia Adelaide. «Allora, Evangeline, cosa ne pensi?».

«*Iii-ooooooo!*», disse Evangeline, scalciando e dandosi alla fuga. Zia Adelaide Stitch raccolse le sue lunghe gonne e la rincorse. Adolphus Haversack rigirò il bastone e le seguì languidamente. I piedi dei bambini smisero di segnare il tempo e ricominciarono a correre.

E via e via e via.

Il sole sorse e asciugò la rugiada luccicante sulle siepi, e l'ora di colazione giunse e se ne andò, ed essi avevano fame e sete, ma non c'era nulla da mangiare o da bere, e non c'era nemmeno tempo per fermarsi, se mai ci fosse stato qualcosa da mangiare o da bere. E a metà mattina, credettero di sentire il caro profumo del cacao bollente, ma era solo un refolo di nebbia sotto a un ponte, e il cacao era fatto di fango. E quando venne l'ora di pranzo, sentirono l'odore del pasticcio di carne e rognone, e, di certo, eccolo lì, disteso in grandi porzioni su un tavolo al lato della strada, con accanto un ampio piatto di pasta sfoglia. Ma mentre, nel continuare a correre, sporsero le mani per afferrarne un po', un grande cartello scese come una ghigliottina tra loro e il cibo, un cartello che diceva: **DA GETTARE A CAUSA DEL MORBILLO**. Da dietro i cespugli, mentre correvano, venne un coro di rauche risatine, e tra le radici delle siepi spuntarono piccole facce di salsicce sbeffeggianti, e videro anche che i fiori delle siepi non erano affatto fiori, ma chiazze e gocce di biancomangiare e gelatina rosa. Ora come ora, avrebbero mangiato anche la gelatina e il biancomangiare, ma non potevano fermarsi a raccoglierli: dovevano continuare a correre.

Il lungo giorno passò, il lungo, lungo giorno stancante. All'ora del tè, credettero di aver visto un barlume argenteo in alto sul fianco della collina, dove un fiumiciattolo iniziava il suo percorso; ma in realtà era del tè, che scendeva lungo la collina da una grossa teiera marrone, e proprio mentre lo raggiunsero, il tè si riversò in un'altra grossa teiera marrone posta accanto alla strada e scomparve, e il coperchio si chiuse alle sue spalle con un *clop!* e loro non poterono fermarsi per aprirlo. «Non possiamo correre più», dissero disperati i poveri bambini. «Non possiamo!». Ma dovevano continuare. Non potevano fare a meno di correre.

Giunse la sera. Raggiunsero la cima di una collina e lì videro zia Zampona che prendeva il sole alla luce del tramonto, i suoi zoccoli anteriori elegantemente accavallati mentre se ne stava sdraiata su un muretto.

«Vedete, miei cari – disse zia Zampona ai suoi maialini mentre i bambini correvano via di fronte a loro –, quelli sono i bambini che corrono via!».

«Zia Zampona, fermaci, salvaci – gridarono i bambini –. Non vogliamo correre via».

«Ah, che insensatezza – disse zia Zampona –. Vi conosco ormai: voi correte sempre via».

«Sei sgarbata e spietata e i tuoi bambini assomigliano a delle zucchine – gridarono i bambini risentiti – e tu sembri veramente stupida, con quel cappello rotondo di pizzo».

Ma loro dovevano continuare a correre. Passarono oltre Billy e Nanny, e un branco di oche, e le loro amiche le galline screziate: ma le capre e le oche e le galline erano tutte indaffarate a provare i vestiti da marinaio e gli abiti di pizzo e non fecero caso alla lunga fila di bambini che trotterellava via.

Ed ecco, improvvisamente, una nuova speranza! Avevano corso tutto il giorno per strade di campagna deserte, ma ora c'era un villaggio in vista.

Stanchi, indeboliti, affamati e assetati, su gambe vacillanti, i bambini entrarono nel villaggio, disposti in una fila irregolare: i più grandi davanti, trascinandosi con ostinazione; quelli di mezzo strisciando dietro di loro; i piccoli capitombolando alle loro spalle e tirando dietro di sé i più piccoli, dalle mani accaldate che opponevano resistenza; e il bebè ancora coraggiosamente barcollando alla fine della fila, con il pannolino attorno alle sue grasse gambe curve. Zucchero e Spezia saltellavano infine alle loro spalle, nei loro grembiulini di tela d'Olanda e con indosso i grigi cappelli rotondi. A loro non si stava impartendo alcuna lezione, erano solo dei cagnolini: qualcuno provvedeva affinché Zucchero e Spezia non soffrissero come invece dovevano i bambini cattivi.

Nelle stradine del villaggio, le tende venivano tirate e le lampade cominciavano a essere accese, perché era sceso il crepuscolo. I bambini avevano corso per l'intera giornata.

Stanchi, entrarono trotterellando nelle strade illuminate.

«Salvateci!», gridarono alle finestre, dietro alle cui tende splendevano calde le luci.

«Naturalmente!», gridarono cento voci dall'interno. «Naturalmente lo faremo!».

Voci chiocce, voci ringhianti, voci acute, voci di comando, voci di bambole, voci di orsacchiotti, voci di bambolotti, voci dei soldatini di stagno... erano le voci dei loro giocattoli!

«Siamo salvi, infine – gridarono i bambini –. I giocattoli ci salveranno».

E le tende si scostarono, e le finestre si spalancarono, e i giocattoli misero fuori la testa...

E *zac, zac, zac*! Un fiotto di cera, di segatura, di imbottitura di cotone, di piombo spezzato, e le teste caddero, *plop, plop, plop,* nelle strade del villaggio.

I giocattoli avrebbero salvato i bambini, ma tanto tempo fa Nicolas li aveva decapitati tutti quanti.

E quindi, con la disperazione nel cuore, i bambini continuarono a correre.

Ma il villaggio era molto strano, perché adesso improvvisamente la strada principale terminava, e si trovarono di fronte a una grande porta di panno.

Non avevano più bisogno di procedere oltre. Proprio non si poteva. Non sarebbero stati in grado di correre oltre. La porta di panno sbarrava il passo.

E c'erano Hoppitt e Cook e Celeste e Alice ed Emily in piedi di fronte alla porta di panno, e gridando a una sola voce dissero: «Misericordia! Chi sono questi?».

«Oh, Hoppitt! Oh, Cook!», gridarono i bambini, stremati e pieni di gratitudine. «Siamo noi, i bambini. Siamo noi!».

Almeno, questo è ciò che intendevano dire. Ma sapete cosa uscì dalle loro bocche? «*Oh, Hopponzo! Oh, Cookonzo! Sionzo nonzo, i bambonzi. Sianzo nonzo!*».

«Stranieri!», gridò Hoppitt, e spalancò la porta mettendosi a lato: e lentamente, stancamente, ma inesorabilmente, le gambe dei bambini cominciarono a camminare attraverso e ripresero a correre di nuovo lungo la strada. «Fermateci! Fermateci!», gridarono i bambini, disperatamente, aggrappandosi all'ultima speranza. Ma venne fuori un: «*Fermonzo, fermonzo!*», e Hoppitt aggiunse: «Sportivi stranieri; non li vogliamo qui», e si appiattì contro la porta di panno aperta per lasciarli passare.

«Sembrano stanchi, poverini», dissero gentili Alice ed Emily, e si chinarono per scrutare i loro visi. «E tutte quelle pustole!», aggiunsero, pietose.

«Pustole?», strillò Celeste.

«Prendete le medicine», gridò Cook.

«Prendete le scope, vorrai dire», urlò Celeste. «Prendete gli spazzoloni, prendete le mie pinze per capelli. È morbillo. Non vogliamo il morbillo qui!».

E giù, colpi di pinze per capelli, e colpi di scope e spazzoloni; e i bambini corsero attraverso la porta e fuori di nuovo in quella strada lunga, fredda e buia; e comparirono le stelle e fu di nuovo notte.

E loro correvano e correvano...

Improvvisamente... il bebè cadde. Dopo tanto correre, inciampò nel pannolino, barcollò e cadde; si sedette su quel mucchietto rotondo di panni nel mezzo della strada e non riusciva ad alzarsi. E si stropicciò gli occhietti con le manine grasse e singhiozzò: «*Tata Matidá, voio Tata Matida! Dov'è Tata Matida?*».

E dal buio una voce vellutata disse: «Caro il mio bebè, sono qui». E dall'oscurità spuntarono due braccia, che abbracciarono il bebè e lo strinsero amorevolmente.

E in quel momento tutti i bambini smisero di correre e gridarono: «Oh, perché non ci abbiamo pensato prima? Tata Matilda, aiutaci!».

E la voce disse: «Sì, bambini, sì, miei cari, sono qui».

E in quello stesso momento, a ogni bambino parve che quelle braccia amorevoli lo abbracciassero e lo sollevassero gentilmente, poggiando la sua stanca testolina contro una spalla gentile, e che lo portassero delicatamente e silenziosamente attraverso la notte e lo mettessero a letto, nel suo caldo e comodo letto di casa, mani lavate, capelli spazzolati, denti puliti, pigiama indossato, preghiere già recitate e pacificamente immerso nei sogni...

E sognavano che stavano correndo via, ma che si sarebbero svegliati nel loro letto quel mattino, sani e salvi, e ormai certi che non sarebbero corsi via mai più.

Perché questa era stata la lezione numero sette.

Capitolo X

Quel pomeriggio, la signora Brown disse a Tata Matilda: «È terribile, ma una mia amica, la signora Black, verrà questo pomeriggio a farmi visita, e vorrebbe vedere i bambini».

Allora Tata Matilda disse ai bambini: «Un'amica di mamma, la signora Black, verrà questo pomeriggio a farle visita e vorrebbe vedervi. Lavatevi il viso e le mani, mettete i vostri abiti migliori e scendete in salotto». E sollevò il grosso bastone nero come se stesse per colpire il pavimento; ma poi ci ripensò e aggiunse calma: «Per favore, bambini».

Allora i bambini salirono al piano superiore, si lavarono il viso e le mani, indossarono i loro abiti migliori e scesero in salotto, dove sedettero tranquilli in cerchio attorno alla mamma e alla signora Black. E la signora Black disse: «Non ho mai visto dei bambini così ben educati».

«Non è vero?», disse la signora Brown, raggiante. Non aveva mai pensato neppure per un attimo che i suoi bambini fossero terribili.

«Quando sono uscita di casa – disse la signora Black – ecco cosa stavano facendo i miei bambini: Emma aveva messo un maialino nella culla del bebè e aveva mandato a chiamare il dottore; Lucy aveva riempito il gabinetto con legno e carbone e aveva acceso un fuoco; Thomas aveva legato insieme le trecce delle gemelle e queste non riuscivano a separarsi; Victoria aveva ricoperto il piccolo William con pomodori schiacciati per farne un pellerossa, dopodiché lo aveva vestito; e tutti gli altri bambini stavano anch'essi facendo cose terribili».

E la signora Brown e tutti i bambini dissero all'unisono: «La persona di cui avete bisogno è Tata Matilda». Ma subito i bambini aggiunsero: «Ma non potete averla: lei è nostra».

Tata Matilda stava sulla porta e sorrideva. Sorrideva e sorrideva ma, al contempo, due grosse lacrime cominciarono a scenderle lungo le guance. E, mentre scendevano, sembravano cancellare le ultime rughe di Tata Matilda. E il suo viso non era più rotondo e scuro, e il suo naso, come due patate, stava cambiando forma, e persino i suoi vestiti neri scoloriti sembravano tornare come nuovi. E quando la signora Black sussurrò alla signora Brown: «Ma è così brutta!», la signora Brown rispose sussurrando sorpresa: «Come puoi dire ciò? È bellissima!».

Ma le lacrime di Tata Matilda terminarono di scendere, e lei disse alla signora Brown: «Ve l'avevo detto».

«Detto cosa?», disse la signora Brown; e tutti i bambini gridarono: «Detto cosa?»; poi si corressero e chiesero cortesemente: «Per favore, diteci cosa avete detto a mamma».

E Tata Matilda disse: «Avevo detto che quando i bambini non avranno più bisogno di me, ma mi vorranno, allora me ne dovrò andare». E tutti i bambini scoppiarono a piangere e dissero: «Oh, no, non lasciarci, non lasciarci!».

E Tata Matilda sorrise tra le lacrime e disse: «Non voglio proprio, vi ho voluto così bene, anche se siete stati di gran lunga i più terribili di tutti i miei bambini...». E il suo sorriso era così dolce che sarebbe potuta sembrare la persona più dolce del mondo, se solo

– ebbene, anche i bambini e la signora Brown dovettero ammetterlo –, se solo non fosse stato per quell'orribile dente! E in quel momento, proprio mentre ci stavano pensando – non potevano fare a meno di pensarci – sapete cosa successe? Il dente volò via e giunse sul pavimento ai piedi dei bambini.

E cominciò a crescere.

E crebbe e crebbe. Dapprima crebbe fino alle dimensioni di una scatola di fiammiferi. Poi diventò grande come una tabacchiera. Poi come una scatola da scarpe, poi come una scatola di dolci, come una valigia, come una cassa, come un baule: un grande baule, un grosso baule, un baule semplicemente enorme...

E improvvisamente il baule si aprì e, all'interno, era pieno fino all'orlo, anzi, traboccava di giocattoli, i più bei giocattoli che abbiate mai visto. E i bambini cominciarono a prendere i giocattoli, e più giocattoli prendevano, più sembrava che ne rimanessero nel baule: non solo un giocattolo per ogni bambino, non due giocattoli per ogni bambino, ma dozzine e dozzine di giocattoli meravigliosi per ogni singolo bambino della famiglia Brown.

E quando alla fine tutti ebbero i loro giocattoli e il baule fu vuoto e sollevarono di nuovo lo sguardo... Tata Matilda se n'era andata.